Luciana

ERIN TEAGAN

Scholastic Inc.

Originally published in English as *Girl of the Year 2018 Novel 1*

Translated by Madelca Domínguez

Published by Scholastic Inc., *Publishers since 1920.* SCHOLASTIC, SCHOLASTIC EN ESPAÑOL, and associated logos are trademarks and/or registered trademarks of Scholastic Inc.

ISBN 978-1-338-26488-3

10 9 8 7 6 5 4 3 2 1 18 19 20 21 22

Printed in the U.S.A. 23

First Spanish printing 2018

Book design by Suzanne LaGasa

Author photo by Patty Schuchman

Cover and interior illustrations by Lucy Truman

SCHOLASTIC

A JAEDA

CONTENIDO

CAPÍTULO 1

POR ESTAS PUERTAS...

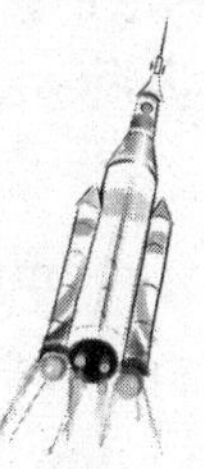

Lo primero que vi fue el cohete. A un kilómetro y medio de distancia parecía apuntar directamente al cielo. Mi papá se detuvo en un semáforo y tomó un sorbo de café. Cuando volvió a poner el auto en marcha, me di en la cabeza con la ventanilla.

—Lo veremos en persona en cuestión de un minuto —dijo mi mamá riendo, y miró el GPS—, o en 45 segundos, según este aparato.

—¡Ahí hay otro! —grité.

A medida que nos acercamos, vi que había otros seis cohetes, uno al lado del otro, como si estuvieran parados en atención.

Entramos al estacionamiento y mi mamá sacó el teléfono para tomar una foto del transbordador espacial gigante estacionado un poco más allá de los árboles.

—Es el *Pathfinder* —dije, y sentí que la carne se me ponía de gallina porque ir al Campamento Espacial por seis días era algo que había soñado desde que tenía memoria—. Con un tanque externo, toberas de motores y dos cohetes aceleradores sólidos —añadí, en caso de que mis padres no lo supieran.

Mi papá era maestro y mi mamá, enfermera. Ambos sabían de un montón de cosas, pero yo era la experta en el espacio de la familia, ya que iba a ser astronauta.

Alguien tocó la bocina del auto detrás de nosotros y mi papá estacionó.

—¿En qué piensas? ¿Estás lista? —dijo mi mamá al quitarse el cinturón de seguridad.

Había leído todos los libros que había encontrado sobre robots espaciales, había comido comida seca congelada (hasta la que parece un rollo de carne) y me había montado seis veces seguidas en la montaña rusa del carnaval para asegurarme de que no vomitaría en el simulador espacial. Estaba más que lista. Iba a ser tan buena en el Campamento Espacial, que quizás me pidiesen que fuese la primera chica en viajar a Marte.

—Luciana —dijo mi mamá tocándome el hombro—. Vamos a inscribirte.

Mi papá abrió el maletero del auto y sacó la maleta

con rueditas que sin querer había llenado con mis libros del espacio, cuadernos de dibujo y lápices de colores. Mi mamá sacó la bolsa donde puse la ropa y la almohada con la funda del sistema solar.

Aunque estábamos a cientos de kilómetros de Virginia, mis cosas aún olían a aguacate, café y jabón de limón, como nuestra casa.

—Esperen —dije, quitándoles las cosas a mis padres—. Yo las llevaré.

Los astronautas no necesitaban que sus padres les cargaran las cosas, ¿cierto? Entonces, yo tampoco.

Atravesamos las puertas rojas del Campamento Espacial y caminamos lentamente a través del parque donde estaba el transbordador y aún más lentamente por el parque de los cohetes, donde los motores del *Saturn V* nos contemplaban desde lo alto. Había una multitud de chicos y padres con maletas delante de nosotros. Casi se me cae la almohada a la entrada del edificio donde debía inscribirme al ver un cartel que decía: "Por estas puertas entran los futuros astronautas, científicos e ingenieros". Mi mamá me puso la mano en el hombro y me dio un empujoncito.

Y entonces, detuve la fila por un momento porque

no cabía por la puerta con tantas cosas. Mi papá se hizo cargo de la maleta con rueditas, pero sólo porque lo dejé. Luego, entramos.

—¿Cómo te llamas, cariño? —me preguntó una señora con audífonos.

—Luciana Vega —respondió mi mamá, y le eché una mirada fulminante porque los astronautas pueden hablar por sí mismos.

—¿Qué edad tienes, Luciana?

—Once —respondí rápidamente—. Me puede llamar Luci.

—Está bien, Luci. Estás en el Equipo Odyssey, en la mesa número siete. Ya puedes ir hacia allí —dijo la señora haciéndole una seña al chico detrás de mí para que se acercara.

Me fijé en el resto de los campistas, algunos eran más altos que yo, y casi todos llevaban algo relacionado con el espacio. Miré mi vestido con los colores del cielo nocturno: azul, rojo, morado y anaranjado. Una chica que llevaba puesto un cintillo con una estrella fugaz me pasó por el lado, y otra con un par de botas de lluvia que se parecían a las que usan los astronautas en la Luna. Y tuve la sensación de que estaba en el lugar correcto.

—Ojalá hubiese existido un campamento así cuando era pequeño —dijo mi papá admirado.

—¿Para maestros de matemática? —dijo mi mamá riendo.

—Oye, los maestros de matemática también tienen sueños, ¿lo sabías?

Nos dirigimos a la mesa número siete entre vitrinas que exhibían herramientas de astronauta, trajes espaciales y cascos. Pasamos junto a modelos de cohetes y robots y una pared llena de fotos de personajes importantes graduados del Campamento Espacial.

—Apuesto a que tu foto estará en esa pared algún día —dijo mi papá.

—Por supuesto —dijo mi mamá.

"Sólo que el pie de foto dirá: 'Luciana Vega, primera chica en viajar a Marte' ", pensé.

—Vamos, vamos —dijo mi mamá apurándome—. Ya tendrás tiempo de mirar las fotos esta semana.

Cuando llegamos a la mesa número siete, dos personas se levantaron a saludarme.

—¡Bienvenida! Somos los instructores de tu equipo —dijeron.

—Mi nombre es Mallory —dijo la chica—. Y este es Alex.

Alex me saludó con la mano.

—Me llamo Luciana —dije.

—La escritora del ensayo ganador, ¿cierto? —preguntó Mallory entusiasmada.

Asentí, y sentí que la cara se me ponía colorada. Había participado en el concurso del Campamento Espacial tres años seguidos con el fin de ganar una beca, y este año había sido la ganadora. El año anterior, de premio de consuelo, me enviaron el bolígrafo oficial del campamento decorado con un sistema solar lumínico, lo que me hizo pensar que las cosas iban por buen camino. Y eso me animó a seguir compitiendo.

Cuando supe que mi ensayo había sido el ganador, mi mamá hizo su famosa torta de merengue con lúcuma, un postre tradicional de Chile, y lo decoró con chocolates en forma de cometa. Mi postre favorito.

Cambié la almohada gigante de mano para tomar la carpeta y la tarjeta con mi nombre que Mallory me tendía.

"Cuando sea grande quiero ser una astronauta", me dije una vez más.

—Bueno, el ensayo que escribiste sobre geología planetaria es genial —dijo Alex mientras Mallory asentía—. Sabes muchísimo sobre rocas espaciales, ¿eh?

Mi papá me dio unas palmaditas en el hombro.

—Creo que lo sé todo sobre las rocas espaciales —dije.

—¿Tienes un mechón de pelo morado? —preguntó Mallory—. ¡Me encanta!

Miré a mi mamá y le sonreí. Por lo general, mis padres no se metían con mis gustos, aunque preferían que no hiciera ningún cambio permanente a mi imagen. Pero no me acordé de ese detalle hasta que Raelyn, mi mejor amiga, y yo ya nos habíamos aplicado tinte en el pelo. La idea había sido mía. Una especie de trato entre amigas. Ella también tenía un mechón de pelo morado como el mío. Un mechón que nos recordaría nuestra amistad mientras estuviésemos separadas.

—Bueno, necesitamos astronautas creativas como tú en el Campamento Espacial —dijo Alex riendo.

Mallory me pasó una mochila.

—Aquí tienes lo que necesitas para el campamento. Tu dormitorio es Hábitat 4b, en el cuarto piso. ¿Por qué no vas hasta allá y comienzas a desempacar? Yo iré a ver cómo anda todo cuando llegue el resto de los chicos. ¿Te parece?

Me abaniqué con la carpeta llena de información, mapas y horarios.

Mi mamá se hizo cargo de la almohada para que pudiera subir las escaleras sin causar más retrasos. Cuando llegamos a mi piso, pensé que estaba en una película, flotando en una estación espacial por encima de la Tierra. Las paredes eran de metal y curvadas. Nos detuvimos frente a Hábitat 4b y pasé la mano por la pared. El metal plateado se sentía frío al tacto. Saqué la tarjeta con mi nombre, la puse delante de la cerradura electrónica y entramos al dormitorio.

Dentro, todo era blanco, justo como había imaginado que sería un dormitorio espacial, con literas, escritorios y una pequeña hilera de casilleros. Mi mamá le echó un vistazo a su reloj y luego miró a mi papá. Se tendrían que ir pronto al aeropuerto. Respiré profundo. Aun cuando el Campamento Espacial era donde deseaba estar, no quería que mis padres se tuvieran que marchar tan pronto.

—¿Estás bien, mi niña? —preguntó mi mamá.

—¿Estás bromeando? ¡Estoy en el Campamento Espacial! —dije dejándome caer en una cama.

Pero por dentro me moría del nerviosismo. ¿Y si de pronto sucedía algo malo o me daba infección de oídos o cualquier otra cosa? Mis padres estarían muy lejos.

Mi mamá se sentó a mi lado.

—Si sabemos algo de Isadora, te lo haremos saber enseguida, ¿está bien? —dijo.

El estómago me dio un vuelco. Isadora. En mi cabeza, ya era mi hermanita. Mi hermanita chiquitita.

—¿Me lo prometen? —pregunté.

—Lo prometemos. Ya deben de haber recibido los documentos. En cualquier momento tendremos noticias —respondió mi papá besándome la frente.

Isadora era una bebé que vivía en un orfelinato que mis padres habían visitado hacía unos meses en Chile. Algunas veces, mis padres viajaban a Chile, donde crecieron, a ayudar en hospitales y orfelinatos y a visitar a mi abuelita y al resto de la familia. Mis padres se enamoraron de Isadora, que siempre andaba con un pingüino de peluche, en cuanto la vieron. Al regresar a casa, decidimos adoptarla. Pero el orfelinato nos tenía que aceptar a nosotros primero.

—Está bien —dije—. Espero que no tome mucho tiempo.

Era más o menos lo que había deseado toda mi vida: una hermana pequeña.

—Bueno —dijo mi mamá sacándome de mis pensamientos y buscando algo en la cartera—, me parece que vas a necesitar esto.

Entonces sacó un collar con una estrella pulida y brillante. Mis padres me lo regalaron en mi primer cumpleaños y sólo lo usaba en ocasiones especiales.

—Tu primer campamento lejos de casa es la ocasión más especial que se me pueda ocurrir —dijo mi mamá dándome un beso en la cabeza.

—Estamos muy orgullosos de ti, Luciana —añadió mi papá.

Luego, después de un largo abrazo y miles de besos, se marcharon.

CAPÍTULO 2

COMPAÑERAS DE HABITACIÓN

Al principio me quedé sentada en la cama con el collar de la estrella en la mano. ¿Y si no estaba lista para el Campamento Espacial? Al fin y al cabo, solo tenía once años. Quizás aún necesitaba que mis padres me cargaran la almohada y los libros. Y quizás no estaba lista para dormir en una habitación llamada hábitat con cuatro desconocidas. ¿Y si no encontraba el baño? ¿Y si no...?

Negué con la cabeza. Yo era Luci Vega. Raelyn me diría que dejara de torturarme. Me diría que si quería ser la primera chica en viajar a Marte, tendría que soportar cosas peores que decirles adiós a mis padres por unos días. Me diría que este es el sitio donde les puedo mostrar a todos que tengo lo que se necesita para ser astronauta.

Entonces algo me llamó la atención: una foto de Sally Ride colgada en la pared encima de un escritorio. Sally Ride, la primera mujer norteamericana en el espacio. Cuando la NASA aún tenía el programa del transbordador espacial, Sally controlaba un brazo robótico gigante a cientos de kilómetros de distancia de la Tierra, y aquí estaba yo extrañando a mis padres. Salté de la cama y fui hasta la maleta a desempacar mis cuadernos de dibujo, mis lápices y cuanto libro de ciencia había traído: *La ciencia, las estrellas y tú*, *Introducción a la Ciencia espacial*, *Robótica para chicas* y, mi favorito, *¡Tú también puedes ser astronauta!*

Abrí la bolsa y puse las camisetas, mi pijama favorito que compré en el planetario y mi cepillo de dientes con un *emoji*, igual al de Raelyn, en uno de los casilleros. Luego lo cerré bien. Después tomé uno de mis cuadernos de dibujo y mis lápices favoritos, el morado, el rojo y el verde, que estaban muy gastados, y me subí a la cama a dibujar mientras esperaba a que llegaran mis compañeras de habitación.

Entonces me acordé: en la cama estaba la mochila que me habían entregado. La abrí y al mirar dentro, por poco el corazón se me sale del pecho. Dentro de la mochila, doblado cuidadosamente, estaba el traje de vuelo oficial del Campamento Espacial. Lo saqué y lo presioné contra mi cuerpo. Caminé hasta el espejo y casi se me salen las lágrimas porque, ¿eran ideas mías o me parecía un poquito a Sally Ride?

Sentí una conmoción en el pasillo fuera de la habitación, y casi no tuve tiempo de fingir que no me estaba mirando al espejo cuando la puerta se abrió de par en par.

—¡Quiero una cama arriba! —gritó una chica bajita lanzándose a la escalerilla de la litera más cercana.

Y en ese momento me pareció que otras cincuenta personas entraban a la habitación, niños pequeños y grandes, chicas, chicos, mamás y papás y hasta una abuela o dos. ¿Y también un perro?

—¡Que alguien cierre la puerta para que Pimienta no se escape! —gritó una señora.

Un perrito chiquitito asomó la cabeza de una cartera, saltó al suelo y comenzó a corretear. Se puso a olfatear mis pantuflas con estrellas y, cuando me acerqué a acariciarlo, me lamió la mano. Era la mitad del tamaño del conejo de mi amiga Raelyn, pero las orejas eran el doble de grandes.

En cuanto alcé la vista, el perrito salió corriendo, entonces vi a una chica congelada en medio de la habitación. La saludé con la mano y le sonreí. Había dos niñas pequeñas colgadas de las barandas de dos literas, un par de niños jugaban a las escondidas cerca de los casilleros y varios adultos y niños caminaban por todas partes chocando con los escritorios.

Dejé a un lado el cuaderno de dibujo y me levanté de la cama justo cuando otra chica subía una almohada y una colcha a la cama encima de la mía.

—Me llamo Luciana —le dije, empujando la colcha que cargaba para que pudiera subirla—. Pero me puedes llamar Luci.

—Yo me llamo Ella. Y esa es mi hermana, Meg —dijo señalando a la chica que antes había visto en medio de la habitación. Ahora parecía un poco más relajada.

Meg y Ella se parecían mucho. Tenían pecas en la nariz y el pelo oscuro, excepto que Meg lo llevaba en una cola de caballo y Ella lo llevaba alisado y suelto.

Meg abrazó a una señora por la cintura, probablemente era su mamá. La saludé de nuevo con la mano, pero no me sonrió.

—Tiene solo nueve años. Es la primera vez que dormirá fuera de casa, y esa es mi prima Charlotte —dijo Ella señalando a otra chica que intentaba separar a Meg de su mamá.

—Pobrecita —dije, pensando en lo difícil que había sido para mí decirles adiós a mis padres, y tenía dos años más que ella—. Es muy valiente.

—Vamos, Meg —dijo Charlotte—. Verás que va a ser divertido. Como si fuéramos astronautas de verdad. Por cierto, ¿trajiste las linternas?

Meg asintió.

—Y un millón de palitos fosforescentes —dijo Ella acercándose a ellas—. Espero que no necesites un cuarto absolutamente oscuro para dormir —añadió volteándose hacia mí.

Alcé los hombros y me puse a inspeccionar un charco sospechoso cerca de mi escritorio.

—No me molesta el millón de palitos fosforescentes —dije.

—¡Hora de despedirnos! —gritó uno de los padres.

Todo el mundo se concentró en medio de la habitación para abrazarse. Una mamá me atrajo hacia ella y, de pronto, me encontré en medio de un grupo de desconocidos mientras los besos y los abrazos volaban, a la vez que todos se decían lo mucho que se querían.

Luego, el grupo se desintegró y mamás y papás comenzaron a sacar a los niños de las camas, a levantarlos de las sillas de los escritorios, a limpiar charcos y recoger zapatos y papelitos de goma de mascar. Hubo más abrazos y aún más suspiros y, sin más, salieron todos. La habitación quedó en absoluto silencio, excepto por el zumbido de la bulla que aún perduraba en mis oídos.

Ella, Charlotte y Meg me miraron.

—Disculpa el alboroto —dijo Charlotte.

—¿Son todos de la misma familia? —pregunté.

Secretamente deseaba que mis padres pudieran adoptar cincuenta Isadoras para tener una familia gigantesca como esa. La mayor parte de mi familia vivía en Chile y casi nunca podía verla.

Meg asintió.

—Todos los primos estamos de vacaciones de primavera —dijo mirando hacia la puerta con los ojos aguados.

Ella la abrazó.

—Mi hermano tiene doce años. Está en el Campamento de Aviación —explicó Charlotte—. Y mi hermana de dieciséis vino al Campamento Espacial cuando tenía once años, como yo, y es posible que se haya quedado en esta misma habitación —añadió respirando profundo y echándose hacia atrás el cintillo brillante que sujetaba su pelo rizado.

Aunque tenía el pelo mucho más claro que sus primas, las tres tenían los ojos del mismo color verde almendrado.

—Los demás primos son muy pequeños, así que irán a la playa con nuestros padres. ¿Cuántos niños hay en tu familia? —preguntó Ella.

—Sólo yo —dije suspirando.

Es cierto que es maravilloso que cada uno tenga su propio sitio en el sofá y a la mesa. Y nunca en mi vida he encontrado una araña debajo de la almohada que, por lo que oído, sucede con bastante frecuencia cuando uno tiene hermanos pequeños, pero algunas veces la casa me parece demasiado silenciosa, especialmente cuando mi mamá tiene alguna emergencia y se tiene que quedar a trabajar hasta tarde. Lo que pasa muy a menudo.

—Increíble. No puedo imaginar cómo debe ser eso —dijo Charlotte—. Mi mamá me hace compartir los calcetines con mi hermano y a veces hasta el helado cuando estamos en la piscina.

—¿Tienes un mechón de pelo morado? —me preguntó Meg acercándose y tocándome el pelo.

—Mi mejor amiga y yo nos lo pintamos juntas —dije.

—Me parece genial —dijo Meg sonriendo.

En ese momento, otra chica apareció en la puerta. Dejó que la bolsa inmensa que llevaba al hombro cayera al piso.

—¡Hola! —dijo con acento—. Me llamo Johanna y soy alemana.

Llevaba su pelo corto rubio y rizado hacia atrás, sujeto con un gancho. Arrastró la bolsa por el piso.

—¡Mi madre! —dijo Charlotte—. ¿Qué llevas ahí?

—Libros —dijo Johanna—. Muchísimos libros.

—¿De veras? —dije enderezándome—. Yo también traje mis libros.

—¿Son sobre ingeniería mecánica y circuitos eléctricos? —preguntó Johanna.

—No precisamente —dije riendo—, pero eso suena interesante.

Meg se tiró a la cama y comenzó a sacar todo tipo de linternas, palitos fosforescentes y un perro de peluche que se parecía a Pimienta.

Charlotte sacó el traje de vuelo de su mochila.

—Chicas, miren —dijo poniéndolo sobre su cama.

Entonces, me acordé de algo que había traído al campamento.

—¿Alguna quiere poner su nombre en el traje?

—pregunté sacando un montón de pegatinas brillantes de mi bolsa—. Tengo suficientes para todas.

Meg se tiró de la cama de un salto.

—¡Yo! ¡Yo! —gritó.

Johanna, Meg y Charlotte me rodearon.

—¿Creen que debemos ponerlas por delante? ¿Aquí? —pregunté señalando el bolsillo delantero del traje—. ¿O en la parte de atrás?

—Esperen —dijo Ella bajándose de su cama—. Probablemente no lo permitan.

Meg se detuvo con la letra “M” en un dedo.

—¿Por qué no?

—Estamos en el Campamento Espacial, Meg. Me parece poco profesional poner pegatinas a los trajes de vuelo.

—Oh —dije—. Pero quizás no vaya contra las reglas. Además, se verán bonitas y todos nos reconocerán —añadí insegura.

De pronto, la habitación quedó en silencio. Ella miraba a Meg y a Charlotte muy seria.

Johanna le pegó una “J” dorada a su traje.

—*Das ist Spitze*! —gritó, rompiendo el silencio. Luego sonrió—. Quise decir... ¡impresionante!

Entonces todas nos echamos a reír y comenzamos a tratar de pronunciar lo que Johanna acababa de decir, pero sin conseguirlo.

Le tendí una "E" anaranjada brillante a Ella y, por un momento, pensé que la tomaría y se la pondría en su traje también.

—Sé amable —le dijo Charlotte bajito.

Pero en lugar de eso, Ella negó con la cabeza y me pasó por el lado, doblando su traje de vuelo cuidadosamente y poniéndolo dentro de su casillero.

CAPÍTULO 3

CENTRO DE CONTROL DE LA MISIÓN

Casi todas habíamos terminado de desempacar, excepto Charlotte que había traído un millón de cosas, cuando alguien tocó a la puerta.

Salté de la cama, esquivando las piernas de Ella que colgaban de la cama encima de la mía, y abrí la puerta. Algo con un montón de luces me pasó por encima de los pies antes de que pudiera hacerme a un lado. Se trataba de un pequeño robot con orejas largas y un diminuto rabo.

—¡Ay! —dijo Meg—. ¡Qué lindo!

—GUAU. GUAU.

—¿Qué opinan de nuestra mascota? —preguntó Mallory desde la puerta.

—¿Lo diseñaste tú? —preguntó Johanna, arrodillándose para ver al robot. El perrito se le acercó—. ¿Eso que tiene es un sensor de contacto? ¿Se puede recargar?

—Increíble. Nunca había visto un perro así o un robot así. ¿Lo hiciste aquí en el campamento? —preguntó Charlotte.

—Lo hice durante la primera semana de capacitación para instructores del Campamento Espacial —dijo Mallory—. Y sí, lo diseñé yo misma. Se llama Orión.

Orión se paró en las patas traseras.

—GUAU.

—Dice que es hora de conocer al resto del Equipo Odyssey y de su primer entrenamiento. Haremos una E-V-A.

—¿Una E-V qué? —preguntó Charlotte.

—Una actividad extravehicular —dijo Ella.

—También se le dice caminata espacial —dijo Mallory guiando a Orión hasta el pasillo.

Después de eso, nos pusimos los trajes de vuelo y alisamos nuestras camas, una de las reglas del Campamento Espacial según Ella, quien se había leído todo el folleto con el reglamento que nos habían mandado unas semanas atrás. Y quizás hasta se lo había memorizado.

Agarramos nuestras mochilas y seguimos a Orión por el pasillo. Pasamos por el área común del piso, donde transmitían noticias desde la Estación Espacial Internacional, luego pasamos por un salón de exhibición de artefactos y la tienda del campamento hasta salir por la puerta principal.

—Crucemos por el parque del transbordador —dijo Mallory sin mirar atrás.

—*Beeindruckend!* —gritó Johanna—. Quise decir, ¡impresionante!

Charlotte y Meg iban delante, compitiendo con Orión, mientras Mallory y Ella les pedían que fueran más despacio.

—Vamos a pasar por debajo del *Pathfinder*.

Pero en esta ocasión no había tiempo para detenerse y contemplarlo. Meg y Charlotte ya habían llegado a la puerta del otro edificio y esperaban impacientes por nosotras. Orión correteaba entre todas.

Cuando entramos al edificio, atravesamos por el comedor y nos detuvimos frente a un cartel que decía "CENTRO DE CONTROL DE LA MISIÓN", donde nos estaban esperando los chicos, el resto del Equipo Odyssey. Todos llevábamos trajes de vuelo.

Un chico me extendió la mano.

—Me llamo James y seré el comandante de esta misión —dijo, y se quedó mirando la pegatina brillante de mi traje—. Y tú eres Luciana.

Alex le puso una mano en el hombro.

—No hay comandantes en esta misión —dijo.

—¿Está seguro? —le preguntó James sonriendo y alzando las cejas, como si estuviera sorprendido.

James era un chico alto y llevaba el pelo muy corto, como un comandante de la marina de la vida real.

—Estamos seguros —dijo Ella, inmiscuyéndose en la conversación y cruzando los brazos para no darle la mano.

—Sé agradable —le susurró Charlotte a su prima halándole el traje.

—¿Podría ser yo la comandante? —preguntó Meg entusiasmada.

Ella puso los ojos en blanco.

Mallory y Alex empujaron las puertas de vaivén y se dirigieron hacia el centro de control de la misión.

—No hay comandantes en esta misión —repitió Alex.

Johanna se detuvo de pronto delante de mí y choqué con ella. Entonces me di cuenta de que los chicos y las chicas, comandantes y no comandantes que integraban nuestro grupo, se acababan de detener.

—Bienvenidos al piso de la misión —dijo Mallory.

Había naves espaciales, varios hábitats e invernaderos donde crecían plantas frondosas en jardines hidropónicos, sin mencionar el cielo oscuro que brillaba con estrellas de luces intermitentes. Era como si algo se me hubiese metido en el ojo y tuviera que parpadear rápidamente para detener la sensación. Puse la mano sobre mi collar de la estrella, que llevaba puesto, y le pedí un deseo a la estrella más grande que vi: "Por favor, que algún día llegue a ser una astronauta. Por favor, permíteme ser la primera chica en viajar a Marte".

—Increíble —susurró Meg—. Eh... ¿estamos en el espacio?

—Genial —dijo Johanna sonriendo.

—Por aquí —dijo Mallory señalando un perchero donde colgaban trajes espaciales—. Vístanse.

Me acerqué al traje espacial más cercano esperando que algún astronauta saliera de la nada y se metiera en él. Algún astronauta como yo, quizás.

—La parte del torso inferior va primero —explicó Alex sujetando unos overoles que parecían pantalones de esquiar—. Luego van las botas y, finalmente, el torso superior duro —añadió señalando una chaqueta que más bien parecía la parte de arriba de un uniforme de jugar fútbol americano—. Luego van el casco y los guantes.

Ayudé a Johanna a ponerse los pantalones y las botas de astronauta.

—En el cuaderno de bitácora dice que estos trajes pesan trescientas libras en la vida real —explicó Ella—. Por supuesto, en el espacio no pesan.

El cuaderno de bitácora del Campamento Espacial había venido junto con nuestros trajes de vuelo en las mochilas que nos habían entregado. El mío venía guardado dentro de uno de los bolsillos del traje, y me alegró ver que en la parte posterior del mismo habían dejado hojas en blanco para que pudiera hacer apuntes o dibujos.

—¿Cómo es posible que ya lo hayas leído? —pregunté.

Ella me miró.

—Quizás si en lugar de haberte puesto a pegar pegatinas por todos lados te hubieses dedicado a leer el cuaderno de bitácora, habrías aprovechado más el tiempo —dijo con un tono de superioridad.

—Ah —dije sorprendida, porque llevarse bien con tus compañeros de cuarto en el campamento era una regla no escrita, y Ella parecía no querer ser mi amiga.

—Ella —dijo Charlotte ajustándose los pantalones—, para ya.

—Estos trajes no están hechos como los trajes espaciales de verdad. Tendríamos que habernos puesto una capa de ropa con un sistema de enfriamiento por debajo para poder soportar el calor que dan los verdaderos trajes espaciales —continuó Ella como si nada hubiera pasado.

Presioné la pegatina de la "L" que le había puesto a mi traje de vuelo, que había comenzado a despegarse.

Johanna se tambaleó hacia delante, casi completamente vestida, y Charlotte la sujetó. Mallory me alcanzó la parte del torso inferior y me la puse, subiéndome los tirantes y metiéndome en un par de botas lunares.

James, completamente vestido de astronauta, se subió la visera del casco.

—En caso de que no lo sepan, no siempre hace calor en el espacio —dijo.

Ella se volteó hacia él, también completamente vestida, y parecía un enfrentamiento entre dos astronautas.

—Yo iba a decir eso. Y también podrían tener una capa de ropa para protegerlos del frío —dijo.

Orión correteó alrededor de Johanna y de mí, pero en eso apareció Meg caminando con los brazos extendidos como una zombi para no perder el equilibrio. De todas formas, terminó en el piso soltando un guante y una bota que obviamente le quedaban demasiado grandes.

Ella concluyó su discusión con James y salió corriendo a ayudarla.

—Meg me recuerda a mi hermana pequeña —me dijo Johanna, deteniéndose para ponerse un guante—. Tiene ocho años y sueña con venir aquí.

—Yo no tengo hermana pequeña, pero eso está a punto de cambiar —dije agarrando el casco de un estante en la pared—. ¿Es difícil ser la hermana mayor?

—A veces —dijo Johanna tratando de ponerse el otro guante—, como cuando te roban tu camiseta favorita y la pintan por todos lados —añadió sonriendo—. Pero tu hermanita seguramente no hará eso.

Me imaginé a Isadora y a mí montando bicicleta alrededor de la cuadra, recogiendo arándanos en nuestro patio y pintando la acera con tiza. Le contaría mi cuento chileno favorito sobre el sol y la luna. Le prestaría mi microscopio. Entonces miré hacia arriba, a la estrella más grande, y pedí otro deseo: una hermanita. Y que estuviera pronto en casa.

—Vamos a buscarte un traje espacial que te sirva —le dijo Mallory a Meg tomándola por la mano.

—El resto puede venir conmigo —dijo Alex llevándonos al centro del salón—. En esta simulación, ustedes serán un equipo de astronautas de la Estación Espacial Internacional.

Nos llevó hasta el módulo más grande, una réplica exacta de la Estación Espacial Internacional.

—Su misión es reemplazar varias losetas en la parte posterior de la Estación Espacial Internacional como parte de un experimento.

—Ya sé. El experimento de materiales de la Estación Espacial Internacional —dijo James.

—Yo también sabía eso —dijo Ella.

Charlotte puso los ojos en blanco.

—Va a ser una semana muy larga —dijo.

—Una de las grandes preocupaciones de un astronauta que realiza una EVA...

—Está hablando de una actividad extravehicular —anunció Ella.

Estoy segura de que la mayoría sabíamos lo que era una EVA. Al menos las chicas, ya que Mallory nos lo había explicado en el dormitorio.

Alex miró a Ella fijamente y continuó.

—El nivel de oxígeno forma parte del traje espacial y debe ser controlado cuidadosamente —dijo—. Una de las grandes preocupaciones de un astronauta que realiza una actividad extravehicular es que se le haga una pequeña rasgadura a su traje o que se le enganche y se le haga un pequeño hoyo. Si esto ocurre, el traje perderá presurización. El astronauta tendrá aproximadamente cinco minutos para regresar a la nave antes de quedarse prácticamente sin oxígeno.

Meg apareció de nuevo y se paró al lado de Ella, y esta vez consiguió no caerse.

Mallory nos pidió que nos detuviésemos frente a la Estación Espacial Internacional y señaló dos bandejas de metal con agujeros de diferentes formas y tamaños, empotradas a un lado de la nave.

—El propósito del experimento es probar diferentes materiales para ver cómo funcionan en el espacio expuestos a la radiación UV y a temperaturas extremas. Deberán agarrar diez losetas de materiales nuevos y encontrar dónde van en las bandejas de metal —dijo, abriendo una de las cajas de herramientas, que también parecía de metal, de la Estación Espacial Internacional.

Mallory sacó una loseta de la caja con un montón de interruptores y la colocó en un agujero rectangular de la bandeja metálica. Luego sacó otra loseta en forma de triángulo, de la que colgaban muchos cables, y la probó en varios agujeros de la bandeja hasta que encontró dónde iba.

—Una vez que estén seguros de que una loseta está en el lugar correcto, la pueden asegurar con espuma adhesiva —dijo mostrando un frasco con un atomizador.

—Es como armar un rompecabezas —dijo Meg.

—Exactamente —respondió Mallory sonriendo—. Un rompecabezas espacial.

—Trabajarán de dos en dos —agregó Alex—. Y los dos miembros del equipo que realicen su EVA con el menor número de errores en cinco minutos serán los capitanes de un equipo de robótica.

Desde donde estaba, podía ver a Ella y a James al frente del grupo moviendo las cabezas de un lado a otro para no perder detalle.

—Mi equipo de robótica de la escuela gana prácticamente todas las competencias cada año —declaró James.

Ella no se quedó atrás.

—Mi equipo fue a la competencia estatal el año pasado —dijo.

—Pero perdieron, ¿no es cierto, Ella? —dijo Meg—. Lo recuerdo bien. Estabas tan enojada que te echaste a llo...

Ella le echó una mirada a Meg que podría haber derretido un glaciar.

—En realidad, habríamos ganado —dijo molesta—, si no hubiera sido por una estación de carga eléctrica defectuosa. Nuestro robot se quedó sin carga a mitad de la competencia.

—Qué novatada —le susurró James a sus compañeros.

Ella parecía estar a punto de estallar.

Comencé a sentir revoltura en el estómago. No esperaba que hubiera tantos genios en este lugar. Acaricié mi traje de astronauta y sentí mi collar de la estrella debajo del mismo. ¿Querrían todos ser astronautas como yo?

Mallory mandó a callar a Ella y a James y nos llevó dentro de la Estación Espacial Internacional. Respiré profundamente y subí los tres escalones de metal.

Al mirar alrededor, el corazón me dio un vuelco. El interior del módulo era como lo había imaginado. Había botones, interruptores y pantallas con todo tipo de datos. Las paredes estaban forradas con armarios muy bien cerrados de todos los tamaños. Había escritorios con computadoras y lugares donde realizar experimentos. Todo se veía limpio y blanco.

—Miren, ahí hay un inodoro de astronauta —dijo Noah, uno de los chicos del equipo.

Nos sentamos en un círculo en el nodo de la estación espacial y, cuando levantamos la vista, vimos una cúpula con una ventana gigante en la que se podía ver el cielo nocturno.

Alex apareció con una tabla sujetapapeles.

—Johanna y Tanner, ustedes serán los primeros —anunció.

Un chico que estaba del otro lado de James saltó y se unió a Johanna en la puerta. Ambos se marcharon muy contentos diciendo adiós con la mano. Entonces, nos quedamos sentados en el suelo en nuestros trajes espaciales calurosos, esperando que nos llegara el turno.

—Los astronautas tienen que esperar mucho en la vida real —dijo Mallory, apoyándose contra la pared del fondo—. Tener paciencia es clave. De hecho, los astronautas japoneses están obligados a hacer mil grullas de papel como parte de su entrenamiento. Si yo fuera ustedes, tomaría este tiempo para tomar notas y releer la sección sobre esta actividad en el cuaderno de bitácora.

—Bueno, yo no sirvo para esperar —anunció Ella—. A mí me gusta la acción.

—A Ella no le gusta perder —me susurró Meg—. En caso de que no te hayas dado cuenta.

A mí tampoco me gustaba perder. Para ser honesta, probablemente era lo que menos me gustaba con excepción de los ciempiés. Al menos los más grandes y peludos.

—Y especialmente ahora, que ya no tiene ningún amigo —dijo Meg.

—¿Qué? —dije.

En ese momento, Johanna y Tanner regresaron.

—Cometimos sólo dos errores —dijo Johanna, ya sin el traje espacial y sonriendo.

—¡Hay que colgarse del techo! —dijo Tanner.

—Meg y José, ustedes son los próximos —anunció Alex.

Meg se puso de pie tan rápido que se tambaleó. Luego salió caminando como si fuera la reina del espacio y ni siquiera tuve tiempo de preguntarle qué quiso decir con que Ella ya no tenía ningún amigo.

CAPÍTULO 4

CAMINATA ESPACIAL

James y yo fuimos los últimos a los que llamaron. Johanna y Charlotte me sonrieron, y me di cuenta de que sentían pena de que me hubiese tocado el Sr. Sabelotodo de Robótica de pareja. James suspiró como si estuviera aburrido, como si hiciera todos los días lo que estábamos a punto de hacer. Pero cuando abandonamos la estación espacial y volvimos al piso de la misión, lo oí jadear por los audífonos de mi casco. Me miró curioso cuando notó que lo estaba mirando.

—Nunca antes había visto un astronauta con el pelo morado —dijo.

Alcé la visera del casco, muerta de calor.

—James, los astronautas tienen todo tipo de pelo y de todos los colores —dije.

Mi compañero soltó una risita.

—Eso es lo que te ha enseñado tu mamá. De hecho, es lo que dicen todas las mamás —dijo.

Ignoré sus comentarios y me concentré en Alex, que estaba parado junto a dos arneses colgados del techo de estrellas intermitentes. El salón estaba en silencio y oscuro, sólo unas luces azules iluminaban el área de la misión.

—Adelante —dijo Alex.

James agarró un arnés rápidamente, e igual de rápido se le atascaron las botas en los agujeros para meter las piernas. En cambio, yo me tomé un tiempo para hacerlo y, cuando finalmente James se pudo desenredar, ya estaba balanceándome en el aire con una sonrisa en el rostro que no podía evitar. Era obvio que mi compañero pensaba que la chica con el mechón de pelo morado no tendría las habilidades necesarias para ser una buena astronauta. No me quedaba otro remedio que demostrarle lo contrario.

A pesar de que estaba a sólo unos metros del suelo, me sentí como si estuviera a kilómetros de distancia de la Tierra. ¿Sería verdaderamente así una caminata espacial? Porque de serlo, me gustaría salir al espacio todos los días de mi vida.

Pero en este momento debía concentrarme en la tarea que tenía por delante. Frente a mí estaba la bandeja de metal empotrada a un lado de la Estación Espacial

Internacional y, a mi lado, una mesa alta con dos cajas de herramientas, una para mí y otra para James. Cada una tenía losetas de diferentes materiales y un frasco de espuma adhesiva. James se apresuró en llegar a su bandeja en el lado opuesto al mío.

—¿Listos para comenzar? —preguntó Alex mirando un cronómetro.

Asentimos con nuestros cascos de astronauta.

—Entonces, adelante. Diez losetas. ¡Ya!

Abrí la caja de losetas, las saqué todas y las puse a mi lado en la mesa.

Luego las estudié, buscando las que me parecía que podrían caber en los diferentes agujeros de las bandejas. Había losetas de plástico y de metal de todos los grosores, losetas con ganchos, cables e interruptores, e incluso una que parecía de vidrio, pero que al tacto se sentía como si fuera de plástico duro y transparente.

—No olviden que ahora se supone que están en un ambiente de microgravedad— advirtió Alex desde donde estaba. Alargó una mano y tomó una de mis losetas de la mesa.

—Oye —dije—, necesito esa.

—Microgravedad —repitió agarrando dos losetas más—. No lo olviden, nada se mantendrá en su lugar.

Me apresuré a recoger el resto de las losetas antes de que Alex pudiese tomarlas, chocando sin querer con el costado de la Estación Espacial y enviando una de las losetas de James al piso.

—¡Cuidado! —gritó James.

Me sujeté de la estación con una mano. Entonces, volví a estudiar las losetas, pero esta vez sin sacarlas de la caja. Iba atrasada. James había continuado colocando sus losetas metódicamente en la bandeja de metal.

—¿Al menos leíste las instrucciones del cuaderno de bitácora? —me preguntó.

No le respondí. Y no, no lo había hecho, para ser honesta.

Era casi imposible sacar algo de la caja con los guantes puestos. Cambié de estrategia y comencé a trabajar lentamente, sacando una loseta a la vez hasta encontrar dónde iba. Era aún más difícil aplicar espuma adhesiva a la bandeja antes de fijar la loseta en su lugar, pero muy pronto le cogí la vuelta al asunto y comencé a trabajar a buen ritmo.

Era un trabajo duro y aún más duro con tanto calor y balanceándome en el arnés. Saqué otra loseta, sin siquiera mirar su tamaño, y la medí en los diferentes agujeros de la bandeja. Encajaría bien en el agujero de una esquina, la más difícil de alcanzar.

—Ha pasado un minuto —dijo Alex.

Me impulsé hacia el otro lado de la bandeja con una loseta en la mano y sujetando el frasco de espuma debajo del brazo. Con la mano libre saqué el frasco de debajo del brazo, eché un poco de espuma y luego fijé la loseta en su lugar. Me quedaban siete. Volví a poner el frasco debajo del brazo y saqué otra loseta, cerrando bien la caja después para que nada saliera volando. Finalmente iba a buen ritmo. Y entonces a James se le cayó su frasco de espuma.

—Ay, no —lo escuché decir a través de los audífonos.

Hasta ese momento, mi compañero sólo había colocado cinco losetas.

—Dos minutos —dijo Alex.

Le di a James mi frasco de espuma.

—Utilízalo y pásamelo de nuevo —le dije.

Parecía sorprendido, pero lo agarró sin perder más tiempo. Y, en realidad, era más fácil para mí sacar las losetas y buscar dónde iban sin tener que estar sujetando el frasco de espuma debajo del brazo.

—El frasco, por favor —dije.

James me lo devolvió.

Y cuando terminé de usarlo, se lo volví a dar, y repetimos el mismo procedimiento hasta que terminé de colocar todas mis losetas y ya no lo necesitaba más.

—¡Se acabó el tiempo! —exclamó Alex parando el cronómetro.

—Fijaste todas las losetas, Luciana. Bien hecho —dijo sonriéndome y con un pulgar hacia arriba.

—¡Así es!

Traté de hacer el mismo gesto que él pero con las dos manos, porque estaba doblemente emocionada de haber conseguido poner las losetas en el tiempo requerido, pero perdí el balance y me estrellé contra la Estación Espacial Internacional otra vez.

Alex se echó a reír y tiró del arnés para que pudiera bajar.

—¡Terminé! Fijé todas las mías también —escuché decir a James mientras me quitaba el traje espacial.

—Parece que encontramos a los capitanes del equipo de robótica —dijo Alex.

James chocó una mano enguantada conmigo en cuanto bajó.

—Gracias por ayudarme —dijo.

—De nada —dije sorprendida porque no parecía el mismo chico que había estado peleando con Ella toda la tarde.

—Espero que seas tan buena construyendo robots como fijando losetas —dijo James quitándose las botas.

—Por supuesto —dije, aunque no estaba muy segura. Sólo había construido uno o dos robots con Raelyn por pura diversión.

James se quitó el casco y sonrió.

—Lo dudo —dijo.

Y el James de antes volvió a aparecer.

—Ya verás —dije, y salí caminando dejándolo solo.

CAPÍTULO 5

LOS ROVERS ROJOS

Antes de la cena, James y yo, los capitanes oficiales, elegimos a los miembros de nuestros respectivos equipos. Seis equipos de chicos de nuestra misma edad participarían en la competencia de robótica del Campamento Espacial y, según Alex y Mallory, no iba a ser sencillo ganar.

—Me alegra que todas las chicas de nuestro dormitorio estemos en el mismo equipo —dijo Meg llevándose una albóndiga a la boca.

Miré a James y a su equipo al otro lado del comedor. Noah se ajustó las gafas y me sacó la lengua.

—A mí me basta con que James no esté en nuestro equipo —dije.

Ella refunfuñó.

—Una competencia entre dormitorios me parece algo estúpido —dijo. No había tocado el sándwich que tenía delante.

Ella probablemente hubiese querido estar en el equipo de James para formar algún tipo de escuadrón robótico.

—¿Al menos leíste acerca de la competencia en el material de orientación que nos enviaron? —preguntó.

No había leído nada.

—Porque hay un montón de reglas y detalles que un capitán debe saber y...

—Ella, para ya —dijo Charlotte.

Pero Ella no le hizo caso.

—¿Sabes cómo funciona el sistema de pernos? ¿Sabes que hay que ganar pernos para construir un robot? ¿Y sabes cómo conseguir un patrocinador? Dime... ¡ay!

—Lo siento —dijo Charlotte—. Pero te merecías un pellizco. Luci es la capitana de nuestro equipo y creo que hará un gran trabajo. Por favor, para ya de molestar.

Tenía el corazón a millón porque prácticamente no sabía nada de lo que Ella estaba hablando. El material de orientación se había quedado en mi escritorio en casa. Apenas lo había tocado.

—Necesitamos un nombre para el equipo —dijo Meg tomando una cucharada de sopa—. Algo así como Los Unicornios Brillantes —añadió limpiándose la cara—.

¿Qué les parece Los Gatitos del Espacio? ¡Todas nos podríamos pintar un mechón de pelo morado!

Ella se agitó en el asiento.

—Eso sería genial —dije, ignorando la mueca que acababa de hacer Ella—. ¿Qué creen de Las Ruedas de Purpurina?

Johanna se acercó a la mesa con un segundo plato que se acababa de servir.

—Comemos esto en Alemania, *käse Spätzle*. Tubitos con queso.

—¿Macarrones con queso? —preguntó Meg.

—Sí. Sí. ¡Macarrones con queso! —dijo sentándose a mi lado y llevándose una cucharada inmensa de macarrones a la boca.

—Me gustan mucho más esos nombres que el nombre que escogió el equipo de mi hermana, Las Rosquillas Centelleantes —dijo Charlotte mordiendo una papa frita—. Mi hermana se vuelve loca por las rosquillas. Mi comida favorita es el pastel de pollo, pero de ninguna manera me gustaría que el nombre de nuestro equipo incluyese la palabra "pollo".

—Mi equipo de fútbol en Alemania se llama Los Gatos Salvajes —dijo Johanna—. Me gusta mucho ese nombre.

Ella suspiró.

—Pero eso no tiene nada que ver con la ciencia —dijo.

—¿Qué les parece los Rovers Rojos? —preguntó Charlotte.

—¡Ay, rojos como Marte! —dije—. ¡Me encanta!

—Ese es el mejor —dijo Johanna apuntando con su tenedor a Charlotte.

—¿Y qué creen de Equipo Robótico? —sugirió Ella jugando con la banderilla del palillo que atravesaba su sándwich—. Es claro y simple.

—Creo que tenemos muy buenas propuestas, así que debemos votar —dije, orgullosa de sonar como una verdadera capitana. No había que leerse un millón de papeles para ser un buen líder—. Levanten la mano las que quieran Los Unicornios Brillantes —exclamé.

Nadie levantó la mano.

—¿Los Gatitos del Espacio? —dije.

Sólo Meg alzó la suya.

—¿Las Ruedas de Purpurina?

No se movió ni una mosca.

—¿Los Gatos Salvajes?

Ni Johanna me hizo caso.

—¿Los Rovers Rojos?

Tres manos se alzaron rápidamente.

—¿Y por Equipo Robótico?

Ella fue la única que alzó la mano.

Charlotte se levantó emocionada porque era obvio que el nombre que había propuesto era el ganador, mientras que Ella partió el palillo del sándwich en dos. Charlotte la miró con desaprobación y le quitó los dos pedacitos que quedaron del palillo. Miré a Meg y recordé lo que había dicho de que Ella no tenía amigos, y aunque no fuese la persona más agradable del mundo, sentí pena por ella.

Después de la cena, nos dirigimos al laboratorio de robótica en el primer piso del mismo edificio, no muy lejos del comedor de la tripulación. El laboratorio quedaba al final de un pasillo. Orión iba a la cabeza del grupo. Paredes de ladrillos rojos de plástico separaban el laboratorio del resto del Campamento Espacial. Al llegar a la puerta del laboratorio, vimos fotografías enmarcadas de los equipos de robótica ganadores de años anteriores sujetando carteles que decían "Mejor Rover". Me detuve para echarles un vistazo a las fotos porque formaban una especie de salón de la fama del laboratorio. Y quizás no fuera igual que la pared que mostraba fotografías de astronautas que habían asistido al Campamento Espacial, pero de todas formas me hubiese gustado estar en una de ellas algún día.

Johanna me haló y entramos al laboratorio. Nos sentamos. Ella se sentó en la punta de la mesa como si estuviese a cargo. Para colmo, nos tocaba compartir nuestro tiempo en el laboratorio con el equipo de James, los Roboingenieros. Los otros cuatro equipos tenían horarios diferentes durante el día.

—Bienvenidos al laboratorio de robótica del Campamento Espacial —dijo un hombre con una bata blanca—. Me llamo Leo y seré su instructor de robótica.

—¿Qué es eso? —interrumpió James señalando un sensor que estaba en lo alto, encima de un pequeño pedestal de ladrillos. Le colgaba una etiqueta que decía "10.000.000 de pernos".

Leo sonrió.

—Ese es nuestro codiciado girosensor. El equipo más caro de este laboratorio y posiblemente el más valioso para la competencia.

—¿Cómo podemos obtenerlo? —preguntó James.

Ella puso los ojos en blanco.

—Tienen que ganárselo —dijo Leo sonriendo—. Les explicaré en un momento.

—¿Para qué se necesita? —le susurré a Johanna.

—Sirve para balancear los robots —me susurró Johanna—. Podrías construir un robot con una sola rueda y aun así no se iría de lado.

Leo se paró frente a una mesa cuadrada muy grande que estaba en medio del salón. Sobre la mesa tenían lugar las competencias de robótica. Lo sabía porque lo había leído por encima del hombro de Ella mientras ella leía el cuaderno de bitácora en la cola del baño.

—Esta es la mesa que utilizaremos en la competencia del jueves. Tendrán toda la semana para construir un robot —dijo Leo.

Miré la mesa y tomé notas mentalmente de todo lo que tendría que hacer nuestro robot para navegar sobre ella. En la mesa había una montaña de polvo y rocas, algo que parecía una torre espacial y un montón de pelotas de diferentes colores. En el medio había una banderilla que decía “MISIÓN A MARTE 2.0”.

—Este es el escenario. Ustedes forman parte de un equipo de astronautas que ha sido elegido para viajar a Marte, pero necesitan construir un vehículo de exploración espacial, o rover, para llevar en su misión. Su rover deberá colectar una muestra de rocas de Marte y ponerla en un Vehículo de Ascensión de Marte para ponerla en órbita. La misión consta de cuatro etapas. —Leo señaló las pelotas que estaban en la mesa—. La primera etapa consiste en identificar la muestra, que en esta competencia serán las rocas rojas solamente, o las pelotas rojas, si prefieren. —Recogió una y se la lanzó a James, quien, por supuesto, la atrapó con facilidad—. En la segunda etapa hay que colectar una pelota, en la tercera deberán romperla para extraer una muestra de su interior. —Apretó fuertemente una pelota, la rompió y sacó una canica—. La última etapa consiste en llevar la muestra al elevador espacial para ponerla en órbita, donde será colectada por una cápsula más tarde.

El elevador se encontraba en lo alto de la montaña de polvo. Ahora veía por qué se necesitaba un robot que no se fuera de lado.

—¿Qué hay que hacer para ganar? —preguntó Noah.

—¿Alguien se leyó el material de orientación? —dijo Ella soltando un suspiro—. El equipo con más pernos al final de la competencia será el ganador.

—Gracias, señorita —le dijo Leo a Ella—. ¿Están todos familiarizados con el sistema de pernos?

Todos asintieron excepto yo.

—Se trata de nuestro sistema de puntaje. El jueves, los jueces calificarán de acuerdo a la cantidad de estaciones que sus robots logren completar y cuán rápido lo hagan. Mientras más estaciones completen en la menor cantidad de tiempo, mayor cantidad de pernos ganarán —dijo Leo, y continuó—: El asunto está en que cada pieza de su robot costará un número determinado de pernos. Así que, para poder construir un robot espectacular, hay que ganar los pernos primero. Y lo pueden hacer de dos maneras. —Alzó un dedo—. Primero, deberán completar los desafíos diarios del laboratorio. —Luego alzó otro dedo—. Segundo, deberán encontrar un patrocinador.

—¿Qué es un patrocinador? —le susurré a Johanna bien bajito para que Ella no me oyera, pero Johanna estaba concentrada leyendo el desafío del día escrito en una pizarra.

—El desafío de hoy es construir un rover simple con control remoto que vaya hacia adelante, hacia atrás y en círculo —dijo Leo—. No hace falta programarlo. Se trata de un ejercicio básico para comenzar su trabajo en el laboratorio.

—Puedo hacer uno con los ojos cerrados —le dijo James a su equipo.

Ella se levantó y miró fijamente a James.

—¿Podemos comenzar ya? —preguntó.

Leo sonrió y miró a Mallory y Alex que, si me preguntan, estaban hasta la coronilla de Ella y James.

—Este desafío vale un millón de pernos. Si necesitan volver a leer las reglas, están en el póster de la pared al lado de las cajas de piezas. Si no, ya pueden comenzar.

James y Ella salieron corriendo hacia las cajas de piezas. Iban prácticamente empujándose.

—Uf —dijo Charlotte—. ¿De qué sirve un robot si no está programado?

—Vamos a necesitar un sensor infrarrojo para que funcione con control remoto —dijo Johanna hablando sola camino a las cajas.

—¿Podríamos hacer un cachorrito como Orión? —preguntó Meg.

Ella regresó a nuestra mesa con algunas piezas.

—No, Meg. Tenemos que hacer algo simple —dijo.

—¡Sensor infrarrojo! —exclamó Johanna regresando.

—¡Genial! —dijo Ella quitándoselo—. Eso es todo lo que necesitamos.

Ella puso las piezas frente a nosotras y sentí un retorcijón de estómago porque estaba dejando que tomara el mando.

—Chicas, ¿qué opinan? Así de simple —dijo Ella.

—Y de aburrido —respondí. Y ahí mismo se me ocurrió una idea.

Me levanté de la mesa y fui hasta donde estaban las piezas de rover. Había bloques de construcción, barras, conectores y ejes para armar ruedas. Entonces comencé a buscar. En la última caja, en el fondo, había un contenedor con luces de LED. Yo era una experta usando esas luces porque en el campamento de verano del año anterior había aprendido a hacer brazaletes con ellas. Agarré un montón de bloques de construcción, algunas luces y una batería. Me moría de ganas de sorprender a mis compañeras.

Aún estaba armando lo que le añadiría a nuestro rover cuando los equipos comenzaron a alinearse para presentar sus robots. Casi todos los rovers se veían iguales: una batería con cuatro ruedas y un sensor infrarrojo que hacía que el robot anduviese por control remoto. ¡Qué aburrido! Corrí a unirme a mi equipo justo cuando Ella acababa de colocar el rover en un área del suelo destinada a probar los robots.

—¡Espera! —grité.

Le puse encima al rover la parte que acababa de armar y encendí la batería. Entonces, un letrero que decía "LOS ROVERS ROJOS" comenzó a parpadear en neón.

—¡Miren eso! —dijo Meg.

—*Spitze!* —dijo Johanna, y recordé que eso quería decir "impresionante".

—¡No! —exclamó Ella tratando de agarrar el rover, pero fue demasiado tarde.

Meg presionó el control remoto y el rover salió disparado. ¿Estaría Ella tratando de destruir lo que hice? Por si no lo sabía, había más de una persona en el equipo. Además, ya me lo agradecería cuando ganásemos cien millones de pernos por nuestra creatividad.

—Luciana, descuentan puntos por el peso del rover —dijo Ella—. Sin contar el costo de cada pieza.

Nos quedamos en silencio, excepto Meg, que no paraba de hablarles a los otros equipos de lo bien que lo estaba haciendo nuestro rover.

—¿Por el peso? —pregunté con un nudo en la garganta.

—¿Acaso no leíste sobre el sistema de pernos en las competencias de robots? —dijo Ella colorada—. ¿Te tomaste el trabajo de preguntarle a alguien?

Charlotte se interpuso entre nosotras.

—Chicas, está bien. Fue sólo un error —dijo.

Pero era mucho más que un error y, por las miradas de mis compañeras de equipo, me di cuenta de que todas pensaban lo mismo. Sólo la batería del letrero pesaba tanto como el robot. ¿Qué había hecho? ¿Por qué no me tomé un segundo para leer las instrucciones en el póster de la pared?

—Y ahora, ¿cómo vamos a poder comprar las piezas que necesitamos para la competencia? —dijo Ella echando humo.

—Ya se nos ocurrirá algo. Verás que ganaremos un montón de pernos durante la semana —dijo Charlotte tratando de calmarla.

Pero cuando pesaron nuestro robot, era obvio que íbamos a necesitar mucho más de un montón de pernos. Porque aunque al robot le fue bien en el desafío, estábamos dos millones de pernos por debajo de lo que necesitábamos. Los Rover Rojos quedamos en último lugar, muy por detrás del resto de los equipos, y todo gracias a mí.

CAPÍTULO 6

PATROCINADORES

Esa noche los campistas nos reunimos en el área común del dormitorio para ver una película sobre Júpiter. Me quedé de pie mientras el resto de mi equipo buscó almohadones y cojines y se acomodó en algún sitio en el suelo. Todo el mundo estaba muy callado.

Bueno, excepto Charlotte, que hablaba hasta por los codos.

—Entonces, mi hermana estaba en el pasillo donde tenían a los monos embalsamados y de pronto se apagaron las luces. ¡BUM! Se quedó en la oscuridad. Y si no hubiese sido por su gran sentido de la ubicación, nunca hubiese podido salir viva del Campamento Espacial...

—Ese pasillo es superoscuro y tenebroso —dijo Meg mirando hacia atrás—. ¿Dijiste monos embalsamados?

—Sí, con la cara así —dijo Charlotte haciendo una mueca—. De hecho, estoy casi segura de que uno de los monos originales que enviaron al espacio está enterrado en algún sitio por aquí.

—¿Aquí mismo? —preguntó Meg levantándose del suelo.

—No le creas —dijo Ella—. Eso es mentira. No hay ningún mono embalsamado, Charlotte. Lo que hicieron fue plantar un jardín en memoria de los monos.

—Como si yo fuera a creer eso —susurró Charlotte—. Embalsamaron el cuerpo y lo pusieron allí —añadió Charlotte señalando hacia la exhibición de artefactos al otro lado del salón—. Además, la Srta. Baker, uno de los monos que fue al espacio, vivió en el Centro de Cohetes hasta los 26 años. La enterraron allí mismo.

Meg gimió y agarró el brazo de Ella.

—No es verdad, Meg, no hay monos en el Campamento Espacial —dijo Ella.

—¿Estás segura? —dijo Charlotte sonriendo.

James no paraba de mirarnos y sonreír, hasta que perdí la paciencia.

—¿Qué? —le dije.

—¿Estás hablando conmigo? —me preguntó mirando a su alrededor, como si no tuviera ni idea de lo que estaba pasando—. Sólo espero que no estuvieran planeando comprar el girosensor porque ya nosotros tenemos cinco millones de pernos.

—Pero ustedes ganaron menos de un millón de pernos después de que pesaron su robot —dijo Ella levantándose del suelo.

—Tienes razón —dijo James sonriendo—, pero eso fue antes de que nos patrocinaran.

—¿Qué quieres decir? —pregunté.

Las luces parpadearon y todo el mundo se acomodó porque la película iba a empezar.

—Que tenemos un patrocinador —repitió James—. O sea, a alguien del personal del Campamento Espacial le encantó nuestro robot y nos dio un montón de pernos.

—Sabemos lo que significa. Gracias, pero no tienes que explicárnoslo —dijo Ella, aunque James me estuviera hablando a mí—. ¿Y se puede saber quién tuvo la brillante idea de patrocinarlos?

—Ella —dijo Charlotte bajito—. Sé agradable. Siéntate.

La música de la película comenzó y en la pantalla apareció Júpiter, haciéndonos saltar a todos de emoción. Ella se acomodó de nuevo al lado de Meg y James volvió a lo suyo. Charlotte sacó bolas de goma de mascar de un bolsillo.

—Las traje de casa. No se preocupen, el bolsillo está limpio —dijo.

—*¡Silencio!* —dijo un chico.

Charlotte se metió una bola de goma de mascar en la boca.

—Siéntate —dijo alguien detrás de mí.

Pero ya no quedaba ningún lugar donde sentarse y nadie se hizo a un lado. Y, honestamente, tampoco lo merecía. Así que en lugar de sentarme, decidí documentarme un poco acerca de cómo conseguir un patrocinador.

Mallory y Alex estaban sentados al fondo del salón al lado de una vitrina iluminada. Me acerqué a ellos, pasando por encima de chicos vestidos con sus trajes de vuelo del Campamento Espacial. No todos estaban tomando robótica, pero traté de descubrir entre los campistas los que participarían en la competencia de robótica del jueves. ¿Acaso ya todos tenían un patrocinador?

Mi preocupación me abandonó momentáneamente al acercarme a la vitrina de rocas espaciales que contenía meteoritos grandes y pequeños que habían caído del espacio. La superficie de algunas rocas estaba llena de agujeros mientras que otras se veían lisas y brillantes como una canica.

—Me imaginé que te gustarían —dijo Mallory—. Escribiste sobre pallasitas en tu ensayo, ¿pero habías visto alguna en la vida real?

—No. Nunca —dije observando la vitrina.

Las rocas eran raras, pero hermosas. Parecían tener ventanitas diminutas con vitrales por todos lados.

Mallory apretó un interruptor y se iluminó la vitrina del lado.

—¿Qué piensas de esa impactita? —dijo haciendo un gesto para que me acercara.

Cuando un meteorito gigante se estrella contra la Tierra, las rocas en la superficie de la Tierra se vuelven líquidas en el momento del impacto. Y eso era lo que había en esa vitrina: una impactita dorada que parecía miel. No podía creer que alguna vez hubiese sido una sencilla roca de la Tierra.

—La encontraron en Arizona —dijo Mallory—. En un cráter hecho por un meteorito hace más de cincuenta mil años.

Esta era la razón por la que quería ser una astronauta. Porque todo sobre el espacio y la ciencia me parecía sumamente interesante. ¿Rocas líquidas? ¿Meteoritos que se estrellaban contra la Tierra y producían cráteres gigantes?

—Estas rocas han sido encontradas por gente común y corriente. Cualquiera puede ser un científico, ¿lo sabías? —dijo Mallory apagando la luz de la vitrina.

Me hubiese podido quedar ahí mirando las rocas del espacio por el resto de mi vida, pero tenía otra cosa en la cabeza.

—¿Es cierto que algunos equipos han conseguido patrocinadores para poder comprar las piezas que necesitan? —pregunté bajando la voz para no molestar a los que veían la película.

—Desafortunadamente no puedo patrocinar a mi propio equipo —dijo Mallory dándome una palmadita en el hombro.

—¿Pero cómo podemos conseguir un patrocinador? —dije con la cara colorada porque sabía que debía haber leído el material de orientación y ahora todos sabían que no había sido así.

—Pregúntale a cualquiera —dijo Mallory echándose hacia atrás en el asiento—. Cuéntale del proyecto y si le gusta la idea, es posible que te den algunos pernos para que puedan comenzar a trabajar.

—¿Pero a quién le pregunto? —dije.

—A cualquiera que trabaje aquí, a la señora de la tienda, al custodio del comedor, al cocinero. Busca a alguien que haya trabajado en el campamento mucho tiempo. Mientras más tiempo haya trabajado aquí, más pernos tendrá para dar.

—Pero no esperes mucho tiempo. Los patrocinadores se acaban enseguida. Ahora, debes saber que obtener el girosensor no asegura ganar —dijo Alex inclinándose hacia nosotras.

—Es cierto —dije—, pero con el girosensor puedes hacer el robot con una o dos ruedas. ¿Cuántas piezas ahorras con eso? Ruedas y barras, sin mencionar un marco...

—Lo sabemos —dijo Alex cortante—. Solo queremos que sepas que se puede ganar aun sin el girosensor. Los mejores científicos piensan con las dos partes del cerebro. La creatividad es tu fuerte, ¿no es así?

Solté un suspiro y me senté en la silla al lado de la de Mallory.

—Ese es mi problema —dije—. Hace un rato fui demasiado creativa en el laboratorio y le costó a mi equipo un montón de pernos.

En la pantalla apareció un cohete atravesando el espacio y el salón pareció temblar. Orión se despertó.

—GUAU. GUAU.

Mallory lo recogió del suelo y lo acarició como si fuera un cachorrito de verdad.

—Gracias al sensor de contacto, con tres caricias se calma, ¿ves? —dijo Mallory, y Orión se calmó. El perrito cerró los ojos y se durmió—. ¿De veras piensas que ser creativa es tu problema?

Volví a suspirar. El problema fue que corrí a poner en práctica mi idea sin pensar. Tampoco consulté con mi equipo, además de no haberme leído el material de orientación. Todas las cosas que hice, o que no hice, para ser honesta.

—Imagínate que eres miembro de un equipo en la estación espacial —dijo Alex—. Todos los miembros del equipo estarían viviendo en un espacio pequeño, realizando un trabajo peligroso, lejos de sus familiares y amigos. Sin un buen líder que los guíe, su misión podría convertirse en un desastre.

Me encorvé en el asiento. Tenían razón. Sabía un montón de cosas. Sabía realizar un experimento, sabía un montón sobre rocas del espacio y matemática, con excepción de las fracciones, pero quizás no sabía mucho sobre cómo ser una buena líder.

El corazón me dio un vuelco. Si no era una buena

líder, ¿llegaría alguna vez a ser una astronauta? ¿O una buena hermana mayor?

Mallory me puso a Orión en el regazo. Le pasé la mano por el lomo tres veces y él se acomodó. Al menos era buena acariciando un perrito robot.

—Sé de un patrocinador que es muy generoso —dijo Mallory.

—¿De veras? —dije animándome, porque al fin y al cabo, eso era todo lo que necesitábamos para volver a entrar en el juego.

—¿Quién? —preguntó Alex—. ¿Samuel?

Mallory asintió.

—Sí, pero a veces es difícil encontrarlo —dijo.

—¿Me pueden dar alguna pista? —pregunté.

—Busca a un tipo que anda en un monociclo robótico —dijo Alex.

—¿Un monociclo robótico? Pero...

—El resto tendrás que averiguarlo tú sola —dijo Mallory guiñándome un ojo.

Suspiré por tercera vez y entonces fui y me senté con el resto de los campistas e intenté concentrarme en la película. Pero no pude. ¿Cómo encontraría al tipo del monociclo?

Cuando la película terminó, Johanna y Charlotte se me acercaron corriendo. Enseguida noté algo diferente.

—¿Qué les pasó a las pegatinas? —dije señalando el lugar donde estaban antes.

—Oh. Nada de importancia —dijo Charlotte con la cara colorada dándome una palmadita en el hombro.

—Ah —dije—. Ya veo.

Ella y Meg se nos unieron. No podía mirarlas. Me dolía que mis compañeras se hubiesen quitado las pegatinas.

—No tienes de qué preocuparte. Se estaban cayendo —dijo Johanna juguetonamente.

Pero yo sabía que no era así.

—Mallory —dije después de que mis compañeras siguieran a Ella al hábitat—, ¿podría llamar a mis padres? Sé que es tarde, pero me gustaría saber que llegaron bien a casa.

Mallory miró el reloj.

—Tienes que apurarte —dijo señalándome una cabina telefónica.

En cuanto mi mamá contestó, sentí que todo volvía a estar bien.

—¿Luci? —dijo mi mamá, y entonces llamó a mi

papá para que tomara el otro teléfono y escuchara la conversación.

Les quería contar a mis padres todo lo que había pasado con el robot y con la antipática de Ella, pero me acordé de los astronautas del salón de la fama del Campamento Espacial. ¿Acaso ellos llamaron a sus padres el primer día del campamento para quejarse? Estaba casi segura de que no.

—Sólo quería saber cómo están porque yo lo estoy pasando fenomenal —mentí.

—Me alegra mucho saber eso —dijo mi mamá—. Pensé que nos extrañarías.

—Yo te dije que iba a estar bien —dijo mi papá—. ¿No te lo dije?

—¿Han sabido algo de Isadora? —pregunté, pero nadie contestó—. ¿Mamá? ¿Papá? ¿Qué pasó?

—Luci, no queríamos preocuparte, pero ya que preguntaste, preferimos decirte la verdad —dijo mi mamá—. Al parecer mudaron a Isadora de orfelinato.

—¿Y a dónde? —dije preocupada.

—La mudaron o...

—¿O qué? —pregunté con el pulso a millón.

Mamá bajó el tono de voz como siempre que me daba

una mala noticia, como cuando mi pez dorado se murió o cuando papá le pasó por encima a mi patineta con el auto.

—Existe la posibilidad de que haya habido un malentendido y quizás se la hayan dado a otra familia en adopción —dijo mi mamá.

Me quedé sin aliento.

—Eso sería lo peor que pudiera pasar, pero se trata de una posibilidad muy remota —añadió mi papá.

—Pero, ¿cómo es eso posible? —dije—. Ustedes mandaron los papeles.

—Es cierto —dijo mi mamá—. Tu abuelita va a ir al orfelinato mañana temprano a averiguar. Y el orfelinato también está investigando por su parte. Ya verás que se resolverá y te avisaremos en cuanto sepamos, ¿te parece bien?

—No queremos que te preocupes por esto durante la semana de campamento —dijo mi papá.

—Pero...

¿No sabían mis padres cuánto deseaba que Isadora fuera mi hermanita? Aun cuando fuera una hermana terrible que no leyera las instrucciones y siempre actuara sin pensar. Pero, por una hermanita... por Isadora... podría tratar de ser mejor, ¿o no?

Mallory me hizo un gesto de que debía terminar.

—Bueno —dije, porque sabía que en cualquier momento apagarían las luces—, avísenme en cuanto sepan algo.

—Así lo haremos —prometió mi mamá.

—Y no te preocupes. Te queremos mucho —dijo mi papá.

—Claro. Yo también los quiero.

Y entonces nos lanzamos besos por el teléfono y colgamos.

CAPÍTULO 7

TRIPULACIÓN DE LA CÁPSULA

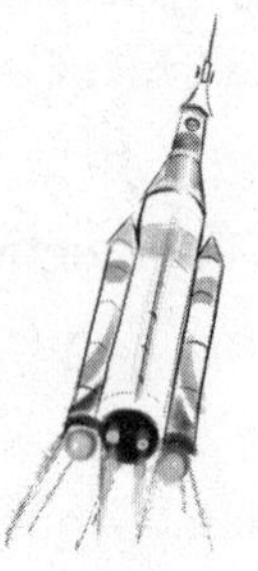

A la mañana siguiente, los Roboingenieros llegaron tarde al Centro de Control de la Misión, así que Mallory nos dejó que hiciéramos una simulación en un vehículo de tripulación comercial. Charlotte y Meg se fueron con Mallory al cuarto de los controles mientras Johanna, Ella y yo entramos al orbitador. Nos aseguramos bien a los asientos, nos pusimos los audífonos y abrimos el manual que teníamos delante.

—Tripulación de la cápsula, ¿me escuchan? —oímos por los audífonos.

—Te escuchamos —respondió Ella.

Charlotte nos hablaba desde el fondo del pasillo en el área de control de la misión.

—Yo también escucho —dijo Meg entrometiéndose.

Me volteé hacia Johanna, sentada al fondo del orbitador, y ella me hizo un gesto de que todo andaba bien.

Había tenido mucho tiempo para pensar durante la noche. No podía hacer nada para ayudar a buscar a Isadora mientras estuviese en el campamento, pero *sí* podía tratar de aprender a ser una buena hermana mayor. Y podía comenzar intentando ser una buena líder de equipo. Así que lo primero que iba a hacer era buscar a Samuel, el hombre del monociclo robótico, para que nos patrocinara y, de esa manera, resolver todos nuestros problemas. Bueno, casi todos.

Me enrosqué un mechón de pelo en el dedo deseando que Raelyn estuviera a mi lado. Raelyn nunca se hubiera quitado la pegatina. Estaba acostumbrada a mis ideas alocadas y casi nunca se enojaba cuando las cosas no salían bien. Excepto la vez que nos pintamos corazones en la frente con pintura de uñas y nuestras mamás no nos dejaron que nos los quitáramos con acetona. Tuvimos que pasarnos dos días con los corazones en la frente hasta que se cayeron por sí solos.

Escuchamos la voz de Mallory a través de los audífonos.

—El tripulante del asiento de la derecha es el piloto —dijo.

Ella me sonrió. La escuché resoplar contenta a través de los audífonos.

—El tripulante del asiento del fondo es el especialista de la misión —continuó Mallory—. Y el comandante es el que está sentado en el asiento de la izquierda.

Ella me miró, pero esta vez no sonreía. Yo no me había sentado en el asiento a propósito para estar al mando. De hecho, ya estaba harta de tanta responsabilidad.

—¿Quieres cambiar? —le pregunté a Ella.

—No. Me da igual —respondió negando con la cabeza.

Pero sabía que por dentro pensaba otra cosa.

—Listos para el despegue en un minuto. Comenzando el conteo —dijo Charlotte desde el centro de control.

—En serio, Ella, podemos cambiar —dije poniendo una mano sobre el micrófono para que nadie más pudiera escuchar.

—Estoy bien, Luciana. Por favor, trata de que no nos estrellemos o algo por el estilo —dijo Ella mirándome molesta.

—Bueno, nunca antes he hecho esto, pero estoy segura de que me las arreglaré —dije, y miré a Johanna, que alzó los hombros.

—Al menos tratemos de hacer *esto* bien, ¿te parece? —dijo Ella.

—¿Qué quieres decir? —pregunté.

Sentí una oleada de furia dentro de mí porque era cierto que había arruinado el primer desafío y que debí haberme leído el material de orientación mil veces como algunas personas, pero había cometido un error como cualquiera y tenía la intención de remediarlo.

—Chicas —dijo Charlotte por los audífonos—, dejen de discutir. 30 segundos.

—Sé de alguien que podría ser nuestro patrocinador —dije mirando a Ella.

—¡Nadie patrocinaría a un equipo con menos dos millones de pernos! —dijo Ella llevándose una mano a la frente—. Y ni siquiera sabemos qué robot vamos a construir para la competencia.

—20 segundos para el despegue. Y Ella, para ya —dijo Charlotte.

—No, no pienso parar. Los Roboingenieros pagaron esta mañana un millón de pernos por una sesión extra en el laboratorio. Por eso es que aún no han llegado —dijo Ella—. ¡Nunca los podremos alcanzar!

—Seis... cinco... cuatro...

—Esto nunca hubiera pasado si yo estuviese a cargo —gritó Ella.

—Y tres, dos, uno, ¡despegue! —gritó Charlotte—. *Están camino al espacio. DEJEN DE PELEAR.*

Entonces, las pantallas delante de nosotros que parecían ventanitas desde afuera mostraron al orbitador volando a toda velocidad a través de las nubes y el cielo azul hasta que una explosión de un rojo candente ocurrió en el cohete y nos rodeó la oscuridad y comenzamos a flotar por el espacio. No sabía si se debía a la sensación de movimiento o al hecho de que Ella echaba humo a mi lado, pero sentí ganas de vomitar.

Flotamos sin dirección por el espacio durante unos minutos en absoluto silencio. Solo se escuchaba por los audífonos el sonido ocasional que producía alguien mascando chicle. Entonces, escuchamos *¡Biip! ¡Biip! ¡Biip!*

Se trataba de una anomalía. Algún problema.

Presioné el botón rojo grande de la consola.

—Houston, tenemos un problema —dije, como nos indicó Mallory que hiciéramos.

—¡Hola, Luciana en el espacio! —dijo Meg desde el centro de control, y no pude evitar sonreír—. Eh... Muy bien, localiza el panel F que probablemente está...

—Te escuché —dije—. Quise decir, recibido.

—Localiza el teclado.

Encontré el teclado alumbrado con lucecitas rojas en el panel F.

—Recibido.

—Presiona cinco... dos... tres... seis... No, espera, quise decir siete. Eh... Lo siento, empecemos de nuevo —dijo Meg.

Johanna y yo nos echamos a reír, pero a Ella no le dio ninguna gracia.

—Para de jugar, Meg —dijo.

—Es Mallory —escuchamos por los audífonos—. Yo reiniciaré el teclado.

¿Habría estado escuchando todo el tiempo?

—Vamos, intentémoslo de nuevo.

—Panel F, teclado, allá vamos —dijo Meg—. Presiona cinco... dos... tres... siete... nueve y entrar.

—Recibido —dije.

—Bien hecho —dijo Meg—. Anomo... anomolía resuelta.

—Anomalía —corrigió Ella.

Flotamos por el espacio un poco más y llegó el momento en que Johanna tenía que comenzar a prepararse para atracar en la Estación Espacial Internacional. Durante todo este tiempo había estado tratando de ignorar a Ella, además de fingir no haberla escuchado gritar que debía ser ella la capitana del equipo de robótica, y esto último me dolía profundamente, como una patada en el estómago o una cortada hecha con el filo de un papel, que también duele muchísimo.

—Comandante, prepárese para atracar en la Estación Espacial Internacional —dijo Charlotte.

Me erguí en el asiento, acomodándome bien los audífonos y asegurándome el cinturón. Presioné unos cuantos botones y encendí algunos interruptores, pensando si un comandante de una nave espacial sentiría lo mismo que yo.

—Piloto, comience a atracar —le dije a Ella cuando divisamos la estación.

Pero Ella se mantuvo con los brazos cruzados.

—Ella, atracando en la estación.

Estábamos acercándonos a la estación rápidamente. Veíamos la imagen aumentar a través de las ventanas de la cápsula.

—Piloto —dijo Charlotte—. Piloto, por favor, responda.

Pero no sirvió de nada. Ella no iba a responder.

Le toqué el brazo y cubrí el micrófono con la mano.

—Vamos, Ella. He pedido disculpas un billón de veces —dije sintiendo cómo la frustración crecía dentro de mí mientras nos precipitábamos hacia la estación—. Somos compañeras de habitación y estamos en el mismo equipo; sin embargo, me tratas como si fuera tu enemiga.

Me acordé de la regla no oficial del campamento acerca de hacer amigos pero, a estas alturas, ¿quería ser yo amiga de la antipática de Ella?

Podía ver a Johanna por el rabillo del ojo lista para abrir la boca y decir algo. Le hice una seña con la mano.

Ella me miró y la expresión de sus ojos se suavizó por un momento.

—Yo nunca dije que tú eras mi enemiga —dijo.

Comenzamos a caer en picada y miré el manual del comandante sintiéndome totalmente desamparada. Ella no tenía que decir que yo era su enemiga para saberlo.

—¡Vamos a estrellarnos! —gritó Johanna cubriéndose la cabeza con los brazos.

—¡Piloto! —gritó Charlotte desde el centro de control—. ¡Piloto! ¡Conecte el puerto de acoplamiento!

—Ella, tienes que cooperar o la misión fracasará —dijo Mallory.

Ante la amenaza de un fracaso, Ella se arregló los audífonos y comenzó a presionar botones y mover palancas.

—Confirmando que la sonda está acoplada —dijo Charlotte casi sin aliento—. Puede atracar.

Tomé la palanca de mando y nos dirigimos hacia el blanco, pero la palanca era difícil de controlar y la nave se movía constantemente alejándose de la Estación Espacial Internacional.

Finalmente, estabilicé el orbitador y lo alineé con el anillo de acoplamiento justo a tiempo para atracar en la estación. No lo hice perfectamente, pero tampoco nos transformamos en una bola de fuego.

Escuchamos los gritos de alegría en el centro de control en el momento en que nos quitamos los audífonos y abandonamos la cápsula, completando exitosamente nuestra misión... de pura casualidad.

CAPÍTULO 8
CACHIVACHES

Cuando entramos en el laboratorio de robótica después del almuerzo, el corazón se me vino al piso. Los equipos de robótica en la categoría de edades entre nueve y once años estaban en la pantalla de la computadora con sus respectivos puntajes. Los Robots de Marte, los Genios y los Ninjas Programadores tenían cada uno un puntaje de tres millones de pernos. Los Héroes del Espacio llevaban la delantera con cinco millones, los Roboingenieros le seguían de cerca con cuatro millones. Nuestro equipo era el último con menos dos millones.

Sentía la mirada de James sobre mí, pero no tenía fuerza para quitar los ojos de la pantalla. ¿Por qué nos había tocado compartir nuestro tiempo de laboratorio con los Roboingenieros?

Johanna leyó el desafío del día en la pizarra del laboratorio.

—Hay que arreglar un robot descompuesto para ganar tres millones de pernos —dijo.

Había siete robots descompuestos en el suelo. Algunos estaban parados y otros acostados. Tenían garras, pinzas y uno de ellos hasta tenía un martillo.

—Ya sé —dijo Johanna corriendo a tomar un robot.

—¿Qué les parece si nos dividimos? —pregunté—. La mitad de nosotras puede trabajar en el robot de la competencia y el resto con Johanna en el desafío de hoy.

—¡Me voy con Johanna! —dijo Meg, y salió tras Johanna.

Charlotte y Ella se quedaron conmigo. Ella estaba con los brazos cruzados petrificada frente a la pantalla que mostraba los puntajes. Charlotte le dio un codazo, pero su prima ni se movió. Así que le dio un pellizco.

—¡Ay, Charlotte! —gimió Ella—. ¿Por qué siempre haces eso?

—¿Podemos empezar a trabajar en equipo, por favor? —dijo Charlotte negando con la cabeza—. Luci tiene razón, somos miembros de un mismo equipo. Estás echándolo todo a perder, como siempre.

—Yo nunca echo nada a perder —dijo Ella descruzando los brazos.

—Si no estás a cargo, nadie se puede divertir ni hacer nada —dijo Charlotte—. Si estuviésemos en casa, ahora mismo te irías y te pasarías el resto del día molesta. Y por eso es que ya no tienes ningún amigo.

—Vamos, chicas —dije sin saber si debía inmiscuirme o no—. No peleen.

—NOSOTRAS NO ESTAMOS PELEANDO —gritaron las dos a la vez.

—Nadie está echando nada a perder —dije—. A no ser quizás yo, pero ya les conté cómo pienso arreglar las cosas.

Ella soltó un resoplido y Charlotte le lanzó una mirada fulminante.

—Mallory me habló de un tipo muy generoso con sus pernos. Yo sé que ustedes no creen que a estas alturas podamos conseguir un patrocinador, pero no hay ninguna razón para no intentar buscarlo —dije.

James y el resto de su equipo estaban concentrados en el cuaderno de bitácora. Andaban muy misteriosos con reglas y calculadoras, como si estuviesen trabajando en un plan secreto.

—¿Y dónde está ese tipo? —preguntó Charlotte.

—Bueno, dicen que no es muy fácil de encontrar

—dije—, pero monta un monociclo robótico, así que ¿cuán difícil puede ser?

En realidad, sabía que sería difícil ya que el Campamento Espacial era muy grande. Además, Mallory y Alex habían dicho que los patrocinadores se acababan rápido.

—De acuerdo, buscaremos al tipo del monociclo más tarde, ¿pero podríamos ponernos a trabajar en el diseño de nuestro robot ahora? —dijo Ella resoplando.

—¡Así me gusta, Ella! —dijo Charlotte aplaudiendo y abrazando a su prima—. Trabajemos juntas. ¿Ves que no es tan difícil?

Ella le dio un suave puñetazo a Charlotte en el hombro.

James y su equipo andaban en el clóset, al lado de la pared donde estaban las cajas de piezas. Y allá fuimos a verlos Charlotte, Ella y yo.

—¿Qué están haciendo? —pregunté.

Había cubetas plásticas para cada equipo alineadas en los estantes de metal que cubrían las paredes del clóset. Los Roboingenieros tenían su cubeta plástica en el suelo y habían comenzado a trabajar en su robot. Mallory, Leo y Alex estaban sentados cerca, alrededor del bote de la basura, limpiando un contenedor de piezas viejas.

—¡No se permite copiar! —nos dijo James tratando de que no viéramos su robot.

—Nosotras no copiamos —dijo Ella enfrentándosele.

—Así mismo —dijo Charlotte—. Nosotras ganamos.

De pronto, sentí una oleada de orgullo y de alegría al ver que todas estábamos defendiendo el equipo.

Los Roboingenieros sacaron su cubeta del clóset sin quitarnos la vista de encima.

En ese momento, Mallory lanzó una pieza rota a la basura.

—¿Podemos ver lo que están botando? —le pregunté.

Mallory me hizo un gesto para que me acercara.

—Por supuesto. Son cachivaches, pero puedes mirar —dijo botando una junta de goma.

Charlotte, Ella y yo nos pusimos a buscar en las cubetas de piezas viejas que estaban en el suelo. Había muchísimas baterías rotas, motores antiguos, unos cuantos cargadores dañados y una caja entera de piernas de robot.

—¿Qué es esto? —pregunté sacando una pieza de debajo de un montón de ruedas.

Leo extendió la mano y la tomó.

—Ah, ya me acuerdo —dijo—. Es el motor viejo de un módulo para un robot que camina.

—¿Un robot que camina? ¿Y ya no lo usan?

—Ahora todo el mundo quiere hacer rovers que rueden —dijo Leo alzando los hombros.

Me acordé de los libros que había leído sobre los rovers en Marte y cómo el terreno rocoso del planeta dañaba sus ruedas.

Me volteé hacia Charlotte y Ella, que estaban inclinadas sobre una caja.

—¿Y si hiciéramos un robot que camina? —les pregunté mostrándoles la pieza—. Es el motor de un módulo. Sólo habría que ponerle piernas.

Ella no pareció interesada.

—El robot probablemente podría subir la montaña hasta el elevador espacial sin problema y, a la vez, sería diferente al resto de los robots de la competencia —dije, dándome cuenta enseguida de que eso le desagradaría a Ella—. Quiero decir, no sería diferente, sino único desde el punto de vista científico.

Puse la pieza en el suelo y saqué mi cuaderno de bitácora y un lápiz de uno de los muchos bolsillos del traje de vuelo. Me puse a dibujar el modelo que me vino a la cabeza.

—Sería así —dije mostrando el dibujo.

Ella no parecía convencida. Continuó buscando en las cajas.

—Estamos tan atrasadas que lo mejor sería hacer el robot más simple para ganar al menos algunos puntos —dijo.

—Oigan —dije volteándome hacia los entrenadores—, ¿cuántos pernos cuesta una pieza como esta?

Leo alzó la cabeza.

—Me imagino que ninguno, si la sacaron de estas cajas de cachivaches. Si funciona, es suya totalmente gratis —dijo.

Ella se enderezó.

—¿Todas estas piezas son gratis? —preguntó.

—Sí —dijo Leo lanzando una rueda al bote de la basura—. Pero la mayoría está dañada. Quizás no valga la pena perder el tiempo arreglándolas.

Charlotte salió del clóset y se puso a sacar bloques de construcción y ruedas de las cajas de piezas rotas.

—Sólo esto que tenemos aquí costaría más de un millón de pernos —dijo.

Choqué juguetonamente con Ella.

—¿Quieres hacer un robot de este montón de cachivaches? —dije.

Johanna y Meg se acercaron corriendo.

—¡Aquí está! ¡Tres millones de pernos para los Rovers Rojos! —dijo Johanna con el robot que acababa de arreglar en la mano.

Ella agarró el robot y lo miró de arriba abajo.

—¿Lo arreglaron? —dijo, y miró el reloj de la pared—. ¿Tan rápido?

—Yo solo miré —dijo Meg dando saltitos—. Johanna lo arregló ella sola. Es un genio.

—Me gusta desarmar cosas y volverlas a armar —dijo Johanna un poco avergonzada.

Miré hacia la pantalla con el puntaje. Aún teníamos una desventaja de cinco millones de pernos y faltaba la puntuación de los otros equipos por arreglar los robots descompuestos. Las piezas gratis eran probablemente lo único que nos ayudaría en nuestra situación.

Johanna puso el robot en el suelo y nos mostró cómo lo había arreglado.

—Increíble —dijo Charlotte.

Tomé un destornillador de un estante que estaba detrás de mí y comencé a sacarle las baterías viejas al motor de módulo que había encontrado.

—Ay, no —susurré, porque el ácido de las baterías

viejas se regó. Me volteé hacia Johanna—. ¿Podrías arreglar esto?

—Ummm —dijo Johanna—. Lo mismo les pasa a los juguetes de mi hermano.

Johanna tomó el motor de módulo y se encaminó hacia otra parte del laboratorio de robótica. El resto fuimos a sentarnos.

Los Roboingenieros trabajaban en una mesa. Al pasarles por el lado, se inclinaron sobre su robot para que no pudiéramos ver nada.

Acabábamos de sentarnos en una mesa lo más lejos posible de los Roboingenieros, cuando vimos a Johanna dando saltitos por el laboratorio.

—A ver, pruébenlo ahora —dijo dándome unas baterías.

En cuanto le puse baterías nuevas, una luz verde se encendió. Sonreí.

—Ponle esto —dijo Charlotte inclinándose y colocando seis barras en la mesa delante de mí.

Las barras eran para las piernas. Se las puse al módulo y lo encendí. Y las piernas comenzaron a funcionar en sintonía.

Volteé el rover y salió caminando a toda velocidad por la mesa. Johanna lo agarró antes de que se cayera.

—¡Funciona! —dije—. ¡Increíble! Podríamos hacer nuestro rover de piezas rotas y no nos costaría ni un perno.

—Sí, me encanta la idea —dijo Johanna inspeccionando el motor de módulo.

—¡Construiremos el mejor rover! —dijo Meg—. ¡El mejor!

James pasó cerca intentando ver el dibujo de mi cuaderno de bitácora completamente abierto en la mesa.

—¡Qué proyecto de arte tan bonito! —dijo.

Cerré el cuaderno de bitácora rápidamente y comenzamos a recoger las piezas de una vez. Johanna le pasó el motor de módulo a Meg y le dijo que lo guardara en nuestra caja plástica del clóset. Escondimos el resto de las piezas en los bolsillos y debajo de los brazos hasta que James se marchó.

Miramos a Ella, que seguía con los brazos cruzados.

—¿Qué opinas, prima? —le preguntó Charlotte.

Ella alzó la vista y me pareció ver una pequeña sonrisa en sus labios.

—Cuenten conmigo —dijo.

Y juntas, como un verdadero equipo, comenzamos a registrar el clóset en busca de cachivaches.

CAPÍTULO 9

MÓDULO PERDIDO

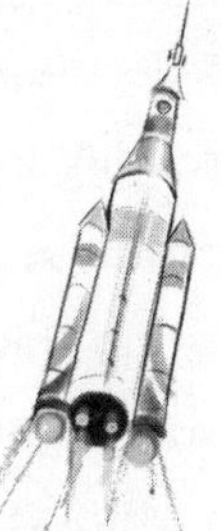

Al día siguiente, Mallory nos llevó a la tienda del campamento después de hacer un MAT, también conocido como entrenador de ejes múltiples, que formaba parte del programa de entrenamiento de los astronautas en los años sesenta y se usaba para simular una nave dando vueltas fuera de control en el espacio. Al menos, eso era lo que decía el cuaderno de bitácora. Y podía decirlo, ya que me había convertido en el tipo de persona que leía cuadernos de bitácoras.

Meg iba arrastrando los pies detrás de nosotras molesta consigo misma porque había sido demasiado cobarde para montarse en el simulador, aun cuando Mallory le dijo que nadie en los cinco años que llevaba trabajando en el campamento se había caído de allí o se había mareado. Pero los chicos del Equipo Odyssey se habían ensañado con ella por cobarde, lo que provocó otro enfrentamiento entre Ella y James. Las hermanas mayores no permiten que nadie se meta con sus hermanas menores. Ella era la hermana mayor de Meg, así que estaba tratando de aprender ese tipo de cosas de ella. Sabía que no serviría de mucho preocuparme por Isadora en estos momentos, pero no podía evitarlo. El orfelinato tenía que encontrarla, ¿no?

—Cinco minutos —dijo Mallory señalando hacia la tienda gigante—. Luego tenemos que ir al laboratorio. Hagan una lista de las cosas que desean comprar y regresaremos más tarde.

Nos dispersamos por la tienda. Charlotte y Johanna fueron derechito hacia donde estaban los suéteres. Meg salió disparada hacia las pelotas de goma con puntas. Ella y yo nos pusimos a mirar los trajes de astronautas.

—¿Te imaginas? —le dije a Ella—. Se verían fantásticos en Halloween.

Ella asintió con la cabeza.

Vi un estante enorme de tarjetas y me acerqué. Había una que decía: "¡Este conejito la pasó espectacular en el Campamento Espacial!". La tarjeta tenía un conejo con un traje de vuelo comiendo hierba en los jardines hidropónicos. Era el tipo de tarjeta que le encantaría a mi amiga Raelyn. Ella estaba parada a mi lado, mirándose las uñas.

—Mira, Ella, se la voy a comprar a mi mejor amiga —dije mostrándole la tarjeta y tratando de ser amable—. Tiene un conejo de mascota, así que es perfecta.

—Sí —dijo Ella, y me sonrió.

Entonces me acordé de que Meg había dicho que Ella no tenía ningún amigo. Miré alrededor de la tienda, tratando de cambiar de tema.

—¿Piensas comprar algo? —pregunté.

—Mi mejor amiga no tiene mascota —dijo Ella, que se había quedado mirando la tarjeta que había escogido para Raelyn—. Y de hecho, ya no somos mejores amigas.

—¿Por qué no? —pregunté.

—Eso es lo que sucede cuando alguien se muda lejos. Dejan de enviarte mensajes de texto y de devolver tus llamadas porque ahora tienen amigos nuevos. Pero no importa —dijo Ella soltando un resoplido.

—¿Por cuánto tiempo fueron mejores amigas? —dije.

—Desde kínder —dijo Ella.

Seis años. El mismo tiempo que Raelyn y yo.

—Se mudó hace unos meses —añadió Ella sacando una tarjeta del estante que decía: "¡Soy un científico del espacio!". La tarjeta tenía una foto del *Saturn V* y el logo del campamento.

—Estoy segura de que te extraña —dije.

—Si fuera así, me llamaría y me preguntaría cómo estoy —dijo Ella—. Antes nos pasábamos todo el tiempo compartiendo chistes malos y ya ni tan siquiera hacemos eso.

—Es posible que no tenga tantos amigos como te imaginas y que también te extrañe —dije.

Ella devolvió al estante la tarjeta que había tomado.

—Quizás te necesite más que nunca —añadí.

En ese momento, Mallory comenzó a hacernos señas desde la puerta. Era hora de irnos.

—O quizás no —dijo Ella alzando los hombros.

Entonces, salió caminando antes de que pudiera hacerle el cuento de cuando Raelyn y yo nos disgustamos en tercer grado y por poco nos peleamos.

Cuando llegamos al laboratorio de robótica, todos estaban frente a la pantalla con el puntaje. Los Robots de Marte habían empatado con los Héroes del Espacio, dejando atrás a los Roboingenieros, que ahora estaban en tercer lugar con siete millones de pernos.

—Los Robots de Marte deben de haber encontrado un patrocinador —dijo Johanna.

A los dos primeros equipos sólo les faltaban dos millones de pernos para obtener el girosensor. Ahora todo lo que tenían que hacer era conseguir la mayor cantidad de pernos, y a los Roboingenieros no les estaba yendo muy bien.

Con respecto a nuestro equipo, seguíamos en el último lugar. Aún no había visto al tipo del monociclo robótico ni había conseguido ningún otro patrocinador. Tampoco quedaban muchos. Los guías del museo se habían quedado sin pernos. También los buzos de la piscina de entrenamiento. Y cuando le pregunté al cocinero en el comedor de la tripulación, me ofreció un plato de pepinillos fritos. Saqué mi cuaderno de bitácora y comencé a buscar la página donde había hecho apuntes sobre nuestro robot.

—¿Están haciendo un robot que camina? —preguntó James.

—¡Así mismo! —dijo Meg antes de que pudiéramos impedírselo.

—Lo siento, pero no podemos dar más información —dije cerrando el cuaderno de bitácora—. Se trata de algo ultra secreto.

—¿Dónde encontraron las piezas? —preguntó James.

—¿Y a ti qué te importa? —dijo Ella parándose entre nosotros dos—. Chismoso.

—Sé amable, Ella —dijo Charlotte.

—Olvídenlo —dijo James.

Charlotte fue hasta la pizarra donde estaba el desafío del día y luego regresó.

—El desafío de hoy es de programación, lo que más me gusta de la robótica. Por favor, chicas, me gustaría hacerlo yo —dijo suplicando.

Nos miramos unas a las otras y nos echamos a reír. Charlotte se sentó en una silla frente a una computadora.

—Meg, siéntate aquí —dijo tocando el asiento al lado del suyo.

Meg se sentó junto a Charlotte y el resto del equipo fue hacia las cajas de piezas rotas cerca del clóset, en busca de un sensor que se pudiese arreglar.

—Si Charlotte y Meg completan el desafío de hoy, conseguiremos otros tres millones de pernos y empataremos con los Genios —dijo Johanna.

Los Genios parecían haber comprado un sensor de colores porque habían gastado tres millones de pernos.

—Si los Roboingenieros gastan sus pernos en el girosensor —dije—, también los pasaríamos.

—Sí, pero no por mucho tiempo —dijo Ella—. Su robot será el más rápido y el mejor en la competencia. No podríamos competir con él.

Saqué de una caja un sensor que aparentemente no parecía dañado, pero Johanna negó con la cabeza en cuanto lo vio.

—Tíralo —dijo.

Lo lancé al bote de basura.

Estábamos concentradas en nuestra búsqueda cuando comenzaron a sonar silbatos y campanas en el laboratorio. Johanna y yo alzamos la vista y vimos a Leo entregándole el girosensor a James. Los Roboingenieros habían completado el desafío de programación y con sus diez millones de pernos habían obtenido el famoso sensor. Miramos hacia la pantalla con el puntaje y de pronto vimos que el equipo de James estaba en último lugar, lo que nos hizo sentir alguna satisfacción, aunque sabíamos que probablemente ganarían la competencia.

El laboratorio se calmó después de eso, los Roboingenieros se fueron a un lugar secreto a continuar trabajando en su robot y nosotras nos quedamos con todo el laboratorio de robótica a nuestra disposición.

Sacamos nuestra caja de piezas del clóset y la pusimos en una mesa para comenzar a armar nuestro robot.

—Oye, Luci —dijo Ella rebuscando en la caja—. ¿Dónde está el motor de módulo?

—¿No está ahí? —pregunté pasándole a Johanna una garra de robot dañada.

—No —dijo Ella—. No está aquí.

Sacó todas las piezas de la caja y se puso a mirarlas.

Me paré a su lado.

—Pensé que Meg lo había puesto ahí. ¿Meg? —llamé—. ¿Pusiste el motor de módulo en la caja?

Meg casi ni me miró de lo concentrada que estaba al lado de Charlotte.

—¡Sí! Lo puse en la caja como me pidió Johanna —dijo.

—Pero no está aquí —dijo Ella, y era verdad.

Comenzamos a buscar en el clóset, en el suelo, en las esquinas, en los botes de basura llenos de piezas dañadas. Desesperada, agarré mi mochila del Campamento Espacial que estaba colgada en un gancho y comencé a sacar lo que estaba en los bolsillos. El día anterior, cuando escondimos las piezas, habíamos metido cosas en todos los sitios. Pero el motor de módulo no estaba por ningún lado.

Me agaché en el piso y abrí la mochila completamente. Dentro estaban mis colores, un suéter del campamento, un mapa y un frasco de bloqueador solar, pero ni rastro del motor. Sentí que el corazón se me desbocaba. Volteé el contenido de la mochila en el suelo. Los lápices de colores rodaron.

—¿Luciana? —dijo Mallory acercándose preocupada.

El resto de las chicas había dejado de trabajar, estaban congeladas porque sabían lo que estaba en juego.

Registré cada uno de mis papeles una vez más, pero no sirvió de nada. El motor de módulo se había perdido.

—Meg, ¿estás segura de que lo pusiste en la caja? —pregunté una vez más.

—¡Sí! —dijo Meg.

—Revisen sus trajes de vuelo —dijo Johanna—. Cada uno de los bolsillos.

Todas revisamos los trajes de vuelo, pero no encontramos nada.

—¿Se perdió? —preguntó Ella.

No. Negué con la cabeza. De ninguna manera pudimos haberlo perdido.

—¿Pero cómo que desapareció? —dijo Charlotte abandonando la computadora en la que había estado trabajando.

Meg venía colgada de su brazo.

—O se lo robaron —dije pensando en voz alta, y entonces me di cuenta.

James había estado haciendo todo tipo de preguntas. Los Roboingenieros seguramente se habían mudado a un lugar secreto a trabajar porque nos habían robado el motor de módulo.

Miré a las chicas y vi en sus rostros que pensaban lo mismo. Nos habían saboteado.

—Esperen un momento —dijo Mallory—. No saquen conclusiones. Sabotear el trabajo de otro equipo es algo que no toleramos aquí.

La cabeza me daba vueltas. ¿Sería ganar tan importante para James como para arriesgarlo todo?

—Pero ni tan siquiera representamos un peligro para su equipo —dijo Ella, segura de que James era culpable.

—Quizás teníamos la pieza que ellos andaban buscando —dije—. ¿Quizás querían hacer también un robot que camina?

—Bueno —dijo Johanna—, el girosensor es superimportante para un robot que camina. Usaría las piernas para caminar y el resto del cuerpo para cargar herramientas. Qué idea tan brillante —añadió.

—Siento decirlo, pero me parece que tienes razón

—dijo Ella dejando escapar un suspiro—. Al fin y al cabo de lo único que James habla es de ganar.

—Esas son acusaciones muy serias —dijo Mallory sacando a Orión de la plataforma donde se recargaba en la pared—. Me gustaría que lo volvieran a pensar antes de decir que la pieza fue robada. ¿Les parece? Por favor, busquen por todos los sitios.

Orión salió corriendo hacia donde estaba Leo en el clóset. Mallory lo siguió.

Recordé lo que Mallory había dicho, pero ya habíamos buscado por todos los sitios. La única respuesta lógica era que James y su equipo se habían robado nuestra pieza.

—¿Y ahora qué haremos? —dijo Ella—. Sin el motor de módulo tendremos que empezar desde el principio. ¡No hay tiempo para eso! ¿Al menos han encontrado entre los cachivaches un par de ruedas que pudiésemos utilizar?

Negamos con la cabeza. Era imposible reparar la mayoría de las ruedas dañadas.

—¿Y de dónde vamos a sacar los pernos que necesitamos para comprar las piezas que nos faltan? —preguntó Ella.

Miramos hacia la pantalla con los puntajes. Teníamos

un millón de pernos y al completar el desafío del día tendríamos otros cuatro millones.

La mente me daba vueltas como una espiral. Debí haber escondido bien el motor de módulo y no dejar que Meg lo dejara en la caja a la vista de todos.

—De veras, chicas, ¿qué vamos a hacer? —dijo Charlotte.

Sólo nos quedaba una opción. El motor de módulo era nuestro y, como capitana del equipo, no podía permitir que un ladrón como James se quedara con él. Y como Mallory no iba a hacer nada para resolver el problema, tendríamos que hacer algo nosotras mismas.

—Sé exactamente lo que tenemos que hacer —dije, y todas me miraron—. Vamos a conseguir que nos devuelvan nuestra pieza.

CAPÍTULO 10

EL PLAN

El resto del día lo pasamos haciendo un plan para recuperar el motor de módulo.

—¿Deberíamos hacerlo mientras todos observan Marte? —preguntó Charlotte.

Estábamos en el invernadero, rodeadas de las plantas frondosas del jardín hidropónico, haciendo experimentos con diferentes tipos de suelo. Luego iríamos a comer y sentarnos con el resto de los campistas a la sombra del *Pathfinder.* Marte se encontraba en la posición perfecta para ser observado esa noche.

—No podemos desaparecer todas al mismo tiempo. Eso crearía sospecha —dijo Charlotte.

—Pásenme una muestra de suelo —dijo Meg. Las gafas protectoras le quedaban inmensas.

Johanna le pasó una muestra en una cubeta que decía “Regolito A”.

—Yo me puedo quedar con el resto de los campistas —dijo Meg.

—Quizás sólo tú y Ella deberían ir —dijo Charlotte con un vaso de precipitado en la mano.

Miré a Ella y me sonrió.

—Está bien —dijo.

—Eso sí —dijo Meg—, no me pueden dejar sola en la oscuridad.

—Charlotte y Johanna estarán contigo —dije.

Charlotte y Johanna negaron con la cabeza.

—No te imaginas lo que es tener una hermanita pequeña —dijo Ella, y las orejas se le pusieron coloradas—. Bueno, quise decir que tú no...

—Sé que no quisiste ofenderme —dije. Pero para ser honesta, Ella tenía razón. No tenía ni idea de cómo era ser una hermana mayor, y pensé en Isadora—. Meg, puedes venir con nosotras —añadí, tratando de no pensar en nada malo.

Meg miró al suelo.

—Ya sé que estoy muy grande para tenerle miedo a tantas cosas, pero es que no puedo evitarlo —dijo.

Charlotte y Ella la abrazaron.

—Te quiero, Meg, aunque seas tan miedosa —dijo Ella.

—¡Oye! —dijo Meg empujando a Ella.

Pero luego ambas se echaron a reír y se volvieron a abrazar.

Sentí un nudo en la garganta porque nunca había experimentado un cariño como ese. Y de pronto pensé en casa.

Johanna dejó caer una muestra de "Regolito B" en un vaso de precipitado, añadió unas cuantas gotas de etanol y revolvió la mezcla.

—Pienso que son demasiadas personas —dijo—. Si todas se van al mismo tiempo, Mallory comenzará a buscarlas.

—¿Y si esperamos a que apaguen las luces? —sugerí.

Todas se quedaron calladas, dudosas.

—Eso sería romper las reglas —dijo Ella alzando la vista de su muestra —. Y ya vamos a romper las reglas caminando solas por ahí, sin instructor.

—¿Y si nos encontramos con los instructores de la noche y los guardias de seguridad? Nos expulsarían —dijo Charlotte.

—Charlotte tiene razón —dijo Johanna—. Eso es peligroso.

—Entonces, déjenme hacerlo sola —dije.

Charlotte le alcanzó un tubo de muestra a Ella y ella tomó una cucharada de la misma.

—De ninguna manera —dijo Ella—. Lo haremos juntas. Para eso somos un equipo.

Charlotte le sonrió a Ella.

—¡Mírenla! ¡Quién lo hubiera dicho! —dijo.

Ella puso los ojos en blanco.

—Nos van a atrapar —gimió Meg.

Johanna le quitó los ojos de encima al vaso de precipitado.

—Podríamos ir al laboratorio por la parte de atrás. Hay una especie de pasadizo secreto —dijo.

—¿Por la parte de atrás? —pregunté.

Johanna terminó de verter el agua en una probeta y luego se quitó los guantes.

—Por el pasillo que está al otro lado de la tienda del campamento, en el área común —dijo.

—¿Por el pasillo de los artefactos? —preguntó Ella.

Meg se puso a gemir y, honestamente, a mí tampoco me gustaba mucho la idea.

—Sí, ese mismo. Lleva hasta el pasillo detrás del laboratorio de robótica. Hay una entrada por el fondo. Alex me llevó por ahí en una ocasión cuando necesitaba unas pinzas —dijo Johanna.

—Se acabó el tiempo —dijo Mallory asomando la cabeza en el invernadero—. Recojan para ir al comedor y luego ir a ver a Marte.

Nos mantuvimos en silencio mientras recogíamos las herramientas que utilizamos pensando en cómo íbamos a escaparnos esa noche. Era peligroso, y hasta yo sabía que iba contra las reglas, pero como capitana, ¿iba a dejar que James se quedara con algo nuestro? Era mi deber lograr que mi equipo ganara el cartel que decía "Mejor Rover" al final de la semana. ¿Y qué otra cosa podíamos hacer?

Casi no comimos nada esa noche. Cuando salimos, los chicos no paraban de hacer la cola para observar a Marte a través de un telescopio mientras nosotras lo observamos solo una vez.

—Vamos, chicas —dijo Mallory halando a Meg por la cola de caballo—. ¿Se están aburriendo de mí?

No me sentía aburrida, pero quizás sí un poco enferma. El estómago me daba vueltas y el corazón me latía rápidamente. Todas nos miramos.

—Estamos cansadas —dijo Ella.

—Así mismo. Nunca he estado tan cansada en toda mi vida —dijo Meg bostezando y estirándose dramáticamente.

Tomó mucho tiempo que todos los campistas observaran a Marte. Finalmente llegó la hora de dormir y nos despedimos de Alex, Mallory y Orión. Entonces prestamos atención para aseguramos de que nuestros instructores cerraban sus puertas.

—No se duerman —les dije a las chicas bajito.

Meg encendió una de sus linternas.

—Me está entrando sueño —dijo—. ¿Cuánto tiempo tenemos que esperar?

—¿Cuál es el plan? —dijo Ella asomándose por encima de mi cama.

Me levanté de la cama y caminé de puntillas hasta la puerta. Por la mirilla, vi que la luz en la habitación de Mallory aún estaba encendida, iluminando el pasillo oscuro.

—Tenemos que esperar a que Mallory se duerma —dije.

Johanna se paró a mi lado y me empujó para mirar también ella por la mirilla. Tenía el pelo recogido en una cola de caballo que parecía un trapeador de lo despeinada que se veía y llevaba una bata con un unicornio y el arcoíris encima del pijama.

—Eso podría tomar mucho tiempo. Me gustaría terminar con esto de una buena vez —dijo.

—Todo va a salir bien —dije dándole una palmadita en el hombro.

Johanna asintió con la cabeza y se volvió a meter en la cama.

—Sí —dijo bostezando—. Todo va a salir bien.

Entonces me acerqué a ella y la levanté.

—No te puedes dormir, Johanna. Ya falta poco —dije.

Ella se bajó de su cama y se acercó también a la mirilla de la puerta.

—Vamos, Mallory, acaba de apagar las luces —susurró, como si nuestra instructora pudiera oírla.

Charlotte vino y se acomodó con nosotras en la alfombra en medio del dormitorio.

—Estoy tan orgullosa de Ella. Nunca hubiese imaginado que quisiera escaparse de un dormitorio con tal de recuperar una pieza de robot —dijo.

Ella se volteó y nos miró.

—Se trata de hacer justicia, ¿sabes? Luci tiene razón —dijo.

Era la tercera vez que Ella era amable conmigo. Quizás había funcionado lo que le dije en la tienda del campamento o quizás fuera el hecho de que estuviéramos tratando de destruir a su peor enemigo. No me importaba la razón, si eso nos permitía comenzar a ser amigas.

Tragué en seco y sentí el corazón saliéndoseme del pecho.

—Si nos atrapan, ¿llamarán a nuestros padres? —preguntó Meg—. ¿Y si nos mandan a casa?

—Chicas, no tienen que hacerlo. Yo puedo ir sola —dije levantándome de la alfombra.

Todas se pararon y formamos un círculo. Hacía unos pocos días éramos un grupo de desconocidas y ahora formábamos un equipo. Éramos amigas. Amigas debido a nuestra situación, pero amigas, lo que lo hacía aún más espectacular. Lo que decidiesen, lo aceptaría. No podía pedirles que se arriesgaran por mí. No como su capitana.

—Todas iremos —dijo Ella.

Y quedó decidido.

—¿Brilla tu pijama en la oscuridad? —le preguntó Charlotte a Meg tan pronto puse la mano en el pomo de la puerta—. No podemos andar por ahí como si fuéramos una bombilla encendida o nos atraparán.

Meg apagó la linterna y quedamos en la oscuridad. Su camiseta de estrellas y constelaciones comenzó a brillar.

—Sí —respondió Meg.

—Tenemos que hacer algo —dijo Ella.

—Ponte esto —dijo Johanna quitándose la bata que llevaba y dándosela a Meg.

—Oh, me encantan los unicornios y los arcoíris —dijo Meg.

—¡Silencio! —dije desde la puerta.

El pasillo estaba vacío, así que les hice señal a todas de que me siguieran. A unos pasos de nuestro dormitorio, escuchamos un portazo. Me volteé y comencé a hacer gestos como una loca para que todas regresaran al dormitorio, pero nos pusimos tan nerviosas que nos atascamos en la puerta y yo no pude entrar a tiempo. Noah pasó frente a nuestro dormitorio.

—Hola —dijo, entrecerrando los ojos porque no llevaba las gafas puestas—. ¿Luci?

—Eh, hola —dije—. Fui a buscar un poco de agua.

Se quedó parado delante de mí un segundo antes de continuar su camino. Luego miró hacia atrás mientras se alejaba hasta desaparecer por la puerta del baño.

CAPÍTULO 11

OSCURIDAD Y TEMERIDAD

Nos metimos como pudimos en el dormitorio y comencé a hacer guardia en la mirilla de la puerta hasta que Noah regresó a su dormitorio. Cuando escuchamos que cerró la puerta, salimos de nuevo al pasillo. Enseguida lamenté que hubiésemos venido todas. Cinco personas hacíamos mucho más ruido del que había imaginado, y no sabía qué hacer para evitarlo.

Ella y yo abríamos la marcha. Meg no le soltaba el codo porque no le permitimos encender la linterna. Y aunque la bata de Johanna le cubriera casi todo el pijama, no le llegaba hasta los tobillos. Si alguien se acercaba, nos pescarían al instante.

—Tengan cuidado —dije al comenzar a bajar las escaleras.

Si alguna de nosotras se saltaba un escalón, terminaríamos unas encima de las otras al pie de la escalera, y no sería fácil explicarle a Mallory nuestra situación.

Solté una bocanada de aire cuando finalmente llegamos a la planta baja. Teníamos que tomar el camino largo hasta el área común con mucho cuidado porque las luces del comedor aún estaban encendidas cerca de la fuente de agua y seguramente algún instructor estaría merodeando por allí. Nos detuvimos un minuto en la pared con las fotografías de los campistas de años anteriores.

—¿Escucharon algo? —preguntó Ella.

Aguantamos la respiración, pero no, no escuchamos nada. Todos en el Campamento Espacial estaban durmiendo, excepto las chicas del Hábitat 4b.

Hice un gesto para que me siguieran hasta las vitrinas donde estaban los meteoritos y las rocas espaciales, pasamos los almohadones y cojines que usábamos para ver películas y nos detuvimos a la entrada del pasillo donde se exhibían los artefactos.

Meg metió la cabeza debajo del brazo de Ella.

—No hay ningún mono embalsamado —dijo Ella.

—No nos podemos quedar aquí —le dije a Meg mirando hacia atrás.

—No es culpa suya —dijo Ella—. Tiene miedo.

—Meg —dijo Johanna inclinándose hacia ella—, eres tan valiente. Mírate. ¡Llegaste hasta aquí sin una linterna! Habrá que hacer de tripas corazón.

Meg miró a Johanna confundida.

—¿Hacer de tripas corazón? —preguntó.

—Sí, es un dicho. Quiere decir que tendremos que resolver esto como sea —dijo Johanna.

Meg se irguió.

—Está bien —dijo—. ¡Pues haremos de tripas corazón!

Meg le dio la mano a Ella y nos guió por el pasillo oscuro. Sentía que la cara me ardía de la vergüenza. Johanna sí sabía cómo hablarle a una hermana pequeña. Tenía tanto que aprender.

Los trajes de los astronautas en las vitrinas nos rodeaban. Observamos las máscaras que colgaban de las paredes y pasamos frente a una exhibición acordonada de equipos espaciales. De pronto, una luz se encendió en el área común y rodeamos a Meg. Miré por el rabillo del ojo y aguanté la respiración porque alguien andaba por el comedor.

Entonces, les hice un gesto a mis compañeras para que miraran. El hombre parado frente a la cafetera andaba en un monociclo robótico con luces de neón moradas y azules. Si no hubiese sido porque estábamos haciendo algo ilegal, hubiese saltado de alegría.

Todas lo vimos y decidimos ocultarnos en el lado más oscuro del pasillo. Luego observamos que salió del comedor por el pasillo del lado opuesto. Johanna se detuvo frente a la puerta del fondo y me haló por una manga.

—¿Qué dice en esa puerta? —preguntó.

Estábamos demasiado lejos para poder leerlo. El hombre abrió la puerta y desapareció.

—¿Quién toma café a esta hora? —comentó Charlotte.

La mandamos a callar y seguimos avanzando silenciosas por el pasillo hasta que doblamos una esquina y nos encontramos fuera del peligro de las miradas inoportunas.

Caminamos lo más rápido que pudimos a través de la exhibición de artefactos.

—Creo que esta es la puerta —susurró Johanna—. Dame tu linterna, Meg.

Miré el reloj, me estaba poniendo nerviosa. Hacía veinte minutos que habíamos salido del dormitorio y todavía no teníamos el motor de módulo en nuestro poder. Sin mencionar que había unas cuantas puertas en este pasillo y no estábamos seguras de cuál conducía a la parte de atrás del laboratorio.

—No es esta —dijo Johanna—. La próxima.

Pero tampoco era la próxima. Nos detuvimos en la siguiente.

—Estoy casi segura de que es esta. Sí. Desde aquí se ve la pared de ladrillos plásticos rojos —dijo Johanna.

Miré al techo y, aunque no vi ninguna estrella, pedí un deseo desde lo más profundo de mi corazón: "Por favor, que podamos abrir la puerta".

Clic.

—Está abierta —susurró Ella.

Nos metimos en el laboratorio de robótica y cerramos la puerta. Pasamos por encima de cajas, torres de interruptores a medio construir y una especie de pelota de playa hecha de barras y montantes. El área de las computadoras estaba bañada por una luz roja. Nuestro puntaje todavía aparecía en la pantalla. Seguíamos en último lugar, pero esperaba que no por mucho tiempo más.

Nos metimos al clóset y comenzamos a buscar la cubeta de los Roboingenieros. La mayoría de las cubetas ya tenían un rover dentro para la competencia. Uno de los equipos había construido un rover tan alto que su cubeta no cabía en el estante del clóset.

—¡La encontré! —dijo Johanna.

Sacó la cubeta del estante y la puso en el suelo. El resto nos arrodillamos a su lado.

La cubeta estaba llena de piezas de robot. Contenía garras, ruedas y hasta un martillo.

—Genial —dijo Johanna sacando una pala—. Alguien armó esto.

—Son buenísimos armando cosas —dijo Charlotte.

Por ningún lado estaba el motor de módulo. Johanna puso a un lado la linterna y entre ambas sacamos el robot de los Roboingenieros de la cubeta y lo pusimos en el suelo para ver el resto de las piezas.

—Que alguien baje nuestra cubeta del estante, por favor —dije.

Ella y Meg se pararon.

—Cuidado —dijo Charlotte.

Escuché que algo se vino abajo y la luz de la linterna se apagó.

—¿Qué le pasó a la linterna? —pregunté—. Por favor, que alguien la encienda. No puedo ver...

Pero entonces escuché un sonido totalmente diferente, un repiqueteo de piezas a mi lado.

—No —exclamó Ella—. No, no, no...

—¿Qué fue eso? —preguntó Charlotte.

Comencé a buscar la linterna por el suelo hasta que

la encontré al lado de un pie con pantufla. Cuando la encendí, vimos a Ella parada encima de los restos del rover del equipo de James.

—Yo... —dijo cubriéndose el rostro—. Perdí el equilibrio... No quería...

—Oh, no, no, no —dijo Charlotte.

Nos quedamos petrificadas. ¿Qué habíamos hecho?

Ella se lanzó al suelo con las manos en la cabeza.

Meg estaba de pie con la cubeta ocho en las manos. Un segundo después vi que le quitaba la tapa.

—Chicas, ¿no es este el motor de módulo? —preguntó.

Todas miramos y me levanté del suelo como pude para ver de cerca lo que sujetaba. Era definitivamente nuestro motor de módulo. Lo tomé en la mano y todas se acercaron a mirarlo con la linterna para asegurarnos de que no le hubiesen hecho daño. Pero se veía bien. Alguien simplemente lo había puesto en la cubeta equivocada.

—¿Es posible que lo pusieran en otra cubeta? —dijo Johanna negando con la cabeza—. ¿Para despistarnos? *Wie gemein!*

—¿Dijiste una mala palabra? —preguntó Charlotte.

—No —dijo Johanna resoplando—. Quise decir "qué malvados".

La idea me vino de pronto. El plan perfecto. James y su equipo habían robado nuestra pieza y la habían puesto en la cubeta plástica incorrecta para que nadie supiese que habían sido ellos.

—No —dijo Meg—. Johanna me dijo que pusiera la pieza en nuestra cubeta. Y así lo hice, la puse en la cubeta número ocho.

Me di yo misma en la cabeza con la mano.

—No, Meg, nuestra cubeta es la número *dieciocho*.

A pesar de la poca luz, vi que la cara de Meg se ponía colorada.

—Yo... yo... tú dijiste que se habían robado la pieza. ¡Yo pensé que se la habían robado! —dijo Meg nerviosa.

—¿Y por qué no buscaste en la cubeta cuando estábamos registrando todos los sitios desesperadas? —pregunté—. Si sabías que la habías puesto en la cubeta ocho, ¿por qué no la buscaste ahí?

Meg comenzó a llorar.

—Todo lo que tenías que hacer era buscarla —dije.

Ella me quitó la linterna y me alumbró la cara.

—Déjala en paz, Luciana. Ya —dijo.

—Yo pensé... Fue sin querer... Pensé que alguien ya habría buscado en esta cubeta... —dijo Meg.

Me sentí devastada porque Ella tenía razón. No era culpa de Meg, era mi culpa. Yo fui la que llegó a la conclusión de que la pieza había sido robada. Yo era la que quería probar a toda costa que podía ser una buena líder.

—Meg, te pido disculpas. No fue tu culpa —dije tratando de abrazarla, pero Meg se apartó.

Sin duda sería la peor hermana mayor de la historia. La peor. ¿Pero al menos podía decir que era buena en algo? Olvídate de demostrarles a todos que tenía lo que se necesitaba para ser astronauta. Olvídate de todo lo demás.

—Pues resulta que James es inocente —dijo Charlotte mirándome en la oscuridad.

Otra vez había actuado demasiado rápido. Otra vez no me había detenido a pensar. Ella alumbró el robot descompuesto de los Roboingenieros.

—Johanna, ¿crees que lo podrías arreglar? —preguntó en medio del silencio.

Johanna negó con la cabeza.

—*Nein* —dijo—. Costaría un montón de pernos arreglarlo.

—¡Les podemos dar los que tenemos! —dijo Meg de repente.

—Con nuestros pernos no podrían arreglar ni dos

de sus sensores, sin mencionar que la competencia es pasado mañana —dijo Charlotte.

Johanna se arrodilló en el suelo y comenzó a poner las piezas de robot en la cubeta plástica.

—¿Ven? *Kaput.* Roto —dijo mostrando un sensor.

Ella respiró profundo y, junto con Meg, se puso a ayudar a Johanna.

—¿Qué va a pasar? —susurró Meg con la voz carrasposa de tanto llorar.

—No me pueden mandar a casa. Mi familia ahorró durante muchísimo tiempo para enviarme a este campamento —dijo Johanna limpiándose la cara.

Charlotte se le acercó y la abrazó.

Meg y Ella se unieron en el abrazo. Me quedé sola rodeada de un montón de piezas de robot sintiendo el suelo frío a través de las pantuflas.

CAPÍTULO 12

REUNIÓN DE EMERGENCIA

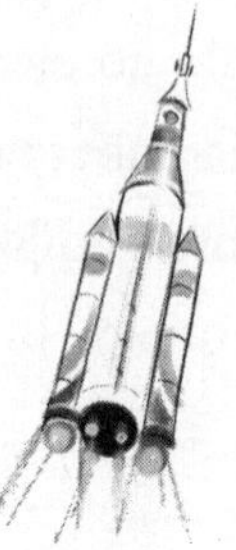

No pegué un ojo en toda la noche. Ni una vez que estuvimos seguras en el dormitorio ni al escuchar los ronquidos de mis compañeras dormidas tranquilamente después de llevar a cabo nuestra gran aventura. No podía parar de pensar en que quizás había destruido mis posibilidades de llegar a ser alguna vez una astronauta. Si no pasaba el Campamento Espacial, ¿cómo pasaría el entrenamiento para convertirme en una verdadera astronauta?

El sol no había salido del todo cuando finalmente me di por vencida. Me levanté de la cama, salí del dormitorio y bajé las escaleras hasta el área común. Al contrario de la noche anterior, todo estaba totalmente iluminado y el comedor ardía de actividad. Había cocineros volteando panqueques y friendo papitas, listos para comenzar otro día de campamento. Pero, gracias a mí, posiblemente el último para las chicas de Hábitat 4b.

Las cabinas de teléfono en forma de cohete estaban vacías, así que me metí en la primera y marqué el número de teléfono de casa. Si alguien sabía qué debía hacer eran mis padres.

—¿Luci? —dijo mi mamá contestando al primer timbrazo.

—Hola, mamá —dije.

—¿Por qué estás llamando tan temprano? ¿Todo bien? —preguntó mi mamá.

Su voz sonaba lejos, como si tuviera el teléfono alejado de la cara.

—¿Mamá?

—Mi niña, estábamos hablando por la otra línea con tu abuelita...

Entonces escuché que le dijo algo a mi papá, pero me pareció que puso la mano sobre el auricular para que no pudiera oír.

—Mamá, ¿qué pasa? —pregunté.

—Abuelita está tratando de ayudarnos porque...

La escuché respirar profundamente y luego le volvió a hablar bajito a mi papá.

—¿Qué pasa? ¿Se trata de Isadora?

Sentí que el corazón me latía a toda velocidad. Por favor, que no tengan malas noticias de la bebé.

Mi papá se puso al teléfono y se aclaró la garganta. Podía escuchar a mi mamá soplándose la nariz.

—Luci, creo que hemos localizado a Isa.

—Esa es una buena noticia, ¿no es cierto? —Sentí el pulso en los oídos y mi cuerpo empezó a temblar—. ¿No es cierto? —repetí.

—Está en el hospital, Luciana —dijo mi papá.

—Ay, no, ¿y por qué? —dije impaciente. Me parecía que mis padres se estaban demorando demasiado en responder mis preguntas—. ¿Le pasa algo?

—Tu abuelita está ahora camino al hospital, pero parece que está muy enfermita. No sabemos todos los detalles —dijo mi papá.

Ambos nos quedamos en silencio por un minuto porque, ¿qué otra cosa podíamos decir? ¿Cómo era posible que no supieran nada más? ¿Cómo era posible que no estuviéramos camino al aeropuerto para acompañar a Isadora?

—¿Luci?

Cerré bien la puerta de la cabina y me recosté a ella.

—Quiero estar con ella. Quiero ir a Chile —dije.

—Lo sé, mi niña —dijo mi papá respirando profundo—. Es muy difícil estar lejos, pero tenemos mucha suerte de que tu abuelita esté cerca. Acabamos de enterarnos de la situación y todavía hay muchas cosas que no sabemos. Es posible que se trate de un error y que al llegar al hospital tu abuelita descubra que la bebé enferma no es Isadora. Debemos tener paciencia y esperar.

Me incorporé y me limpié la cara. El área común estaba comenzando a llenarse de campistas.

—Mi niña —dijo mi papá—, no debes preocuparte hasta que no sepamos más. Disculpa.

No sabía qué decir. Sentía que el mundo se derrumbaba.

—¿Todo bien en el campamento? —preguntó mi papá—. ¿Estás bien? ¿Estás contenta?

—Yo... —comencé a decir, pero me detuve. No podía contarles lo sucedido después de lo que me habían contado de Isadora—. Sólo estaba llamando para saber cómo andaban las cosas.

—Luci —dijo mi papá comenzando a hablar rápido—, tu abuelita está llamando por la otra línea. Déjame contestarle. Te llamaremos cuando sepamos algo más. ¿Te parece? Te queremos mucho —añadió y colgó.

Salí tambaleándome de la cabina telefónica y me quedé parada sin saber qué hacer mirando como los campistas hacían la fila del desayuno o compraban chicle o protector labial o lápices en la tienda del campamento o buscaban algo en el contenedor de objetos perdidos que se encontraba en el área común.

Entones, escuché mi nombre.

—¡Luci! —me llamó Johanna desde lo alto de las escaleras. Luego bajó corriendo hasta el área común—. Mallory te está buscando. No sabíamos a dónde habías ido. Por cierto, aún no le hemos dicho nada. ¿Estás bien? —dijo al acercarse.

Me dejé caer en uno de los almohadones del área común.

—Encontraron a Isadora. Mi hermanita pequeña. Está en el hospital —dije.

Johanna se sentó a mi lado.

—¿Está enferma? —preguntó.

—Ni tan siquiera están seguros de eso, pero si en realidad se trata de ella, mi papá dice que está muy enferma —dije.

—No. *Das tut mir Leid* —dijo Johanna.

La miré.

—Quise decir que lo siento mucho.

—Bueno, quizás esto está pasando porque de todas formas sería una muy mala hermana mayor —dije.

—No digas eso —dijo Johanna.

Pensé en la situación en la que todas estábamos metidas por yo haber pensado que James nos había robado el motor de módulo.

—Verás que todo va a salir bien —dijo Johanna—. Tu hermanita se mejorará.

Le sonreí, aunque sabía que era imposible saberlo con certeza. Nadie lo podía saber. Algunas veces las cosas salían mal aun cuando uno se leyera todo lo que se debía leer y entregara los papeles y formularios a tiempo y conociera todas las reglas.

Mallory apareció en lo alto de la escalera con Orión en brazos y bajó apurada hasta el área común. El resto de las chicas la seguía. Meg venía mordiéndose las uñas.

—Leo ha llamado a una reunión de emergencia en el laboratorio de robótica —dijo Mallory.

Johanna y yo nos levantamos como si fuéramos resortes. Era obvio por la cara de Mallory que no sabía de qué se trataría la reunión. Charlotte, que estaba al lado de Ella, parecía a punto de desmayarse.

Orión iba delante del equipo como cada mañana, pero esta vez nadie intentó sobrepasarlo. Íbamos arrastrando los pies, tomándonos todo el tiempo del mundo, intentando dilatar el encuentro con los Roboingenieros.

Cuando entramos al laboratorio, Noah saltó de su asiento.

—¡Son unas tramposas! ¡Te vi anoche después de que habían apagado las luces! ¡Te vi! —me dijo.

¿Y qué podíamos responder nosotras? Tenía toda la razón.

No podía mirar a James a la cara. Estaba segura de que ahora me odiaba más que nunca.

—Siéntense —ordenó Leo.

Nos sentamos en la mesa de la esquina.

—No, aquí —dijo Leo señalando la mesa al lado de los Roboingenieros.

James y su equipo tenían en su mesa el robot que habíamos descompuesto. Había piezas regadas por todas partes. Nos sentamos como pudimos, tratando de no mirarlos.

Leo se sentó en una silla cerca de los Roboingenieros. Sin querer alcé la vista y vi que James estaba encorvado. No parecía el chico presumido de siempre. De hecho, parecía devastado.

—Los Roboingenieros vinieron esta mañana temprano al laboratorio a trabajar en su robot y se sorprendieron al ver que estaba dañado —dijo Leo.

—¡Dañado! —repitió Noah echándose hacia atrás las gafas que le rodaban por la nariz—. ¡Por culpa de ellas!

Leo le hizo un gesto para que se callara.

—No me digas... —dijo Mallory parándose detrás de mí con los brazos cruzados.

Orión estaba echado a sus pies muy quietecito, como si también estuviera enojado.

—Fue un accidente —dije mirando momentáneamente a James—. Pensábamos que se habían robado nuestro motor de módulo y vinimos a buscarlo en su cubeta. El robot se nos cayó accidentalmente. —Alcé la vista buscando una mirada de comprensión—. Disculpen. Lo sentimos mucho.

—¿Accidentalmente? —dijo James alzando un sensor resquebrajado—. ¿Cómo pudo ser esto un accidente? ¿Accidentalmente se les cayó de una distancia de mil pies?

—Lo pisamos sin querer —dije aclarándome la garganta y moviéndome en el asiento.

Los Roboingenieros se pusieron a murmurar y a

hacer gestos de incredulidad. Como si lo que acababa de decir no significara absolutamente nada.

—¿Por qué nos interesaría robarnos una de sus piezas? —preguntó James mirándome fijamente—. ¿Acaso no vieron lo genial que era nuestro robot? Hasta le pusimos un cincel para romper las rocas.

Leo nos miró.

—Haya sucedido accidentalmente o no, su equipo es responsable. Es posible que los Roboingenieros no puedan arreglar su robot antes de la competencia de mañana. ¿Qué pueden hacer para resolver esta situación? —preguntó.

—Ayudarlos a arreglarlo —dije.

—No queremos su ayuda —dijo Noah.

Miré a las chicas de mi equipo, pero no teníamos mucho más que ofrecer.

—¿Y si les damos nuestros pernos? —pregunté.

Los Roboingenieros se voltearon hacia la pantalla con el puntaje.

—¿Cuatro millones de pernos? —resopló James—. Eso no nos serviría de nada.

El puntaje de los Roboingenieros estaba en cero después de haber comprado el sensor giroscopio y otras piezas. Habían gastado todo sus pernos por nada.

Leo agarró un sensor de la mesa de los chicos.

—Lo único bueno es que la mayoría de sus sensores, excepto uno, está en buen estado —dijo—. Me parece que deberían de tomar sus pernos y comprar otro sensor de colores y comenzar a armar de nuevo. No les queda mucho tiempo, pero pienso que con una o dos sesiones más en el laboratorio lo podrán lograr.

—Está bien —dijo James molesto mirando a los miembros de su equipo.

—¿Y nosotras? —dijo Meg—. ¿Quedamos descalificadas? ¿Nos enviarán a casa?

Leo miró a los Roboingenieros, a Mallory y a Alex.

—Nunca antes habíamos estado en esta situación. Creo...

Mallory le dio un golpecito a mi silla.

—¿Salieron del dormitorio después de que apagaran las luces? —preguntó bajito, como si no pudiera creer lo que estaba diciendo.

Las chicas de mi equipo se miraban las manos y cerraban los ojos como si estuvieran tratando de imaginar lo que vendría después.

—Sí —dije tragando en seco—. Fue idea mía.

—¡Pues se te ocurren muy malas ideas! —exclamó Noah.

Esperaba que Mallory se pusiera a gritar, pero no fue así, lo que me hizo sentir peor.

—Es a mí a quien deben descalificar o enviar a casa —dije—. No fue culpa de ellas —añadí señalando a mis compañeras.

—Debes saber —dijo Alex parándose al lado de Mallory—, que para un astronauta, su equipo lo es todo. Si una persona comete un error, el equipo completo pagará por él.

¿Cómo podría llegar a ser la primera chica en viajar a Marte si ni siquiera podía pasar el Campamento Espacial sin echarlo todo a perder? ¿Tenía lo que se necesitaba para ser astronauta?

—No quiero ir a casa —dijo Meg llorosa.

Se me cayó el alma a los pies.

—Bueno, no podemos enviarlas a casa a sólo dos días de terminar el campamento —dijo Leo suspirando—. Pero sabotear a otro equipo es una ofensa muy seria que merece un fuerte castigo. —Nos miró a todas—. Tendremos que descalificar a los Rovers Rojos de la competencia y todos sus pernos pasarán a manos de los Roboingenieros.

Sentí que Ella se asfixiaba a mi lado.

Estábamos viviendo una verdadera pesadilla.

CAPÍTULO 13

SAMUEL Y PAJARITO

Nadie tenía ganas de almorzar. Johanna ni tan siquiera se sirvió un segundo plato de macarrones con queso. Por mi parte, no podía parar de mirar el plato de ensalada de fruta pensando en alguna manera de mejorar nuestra situación. Al mismo tiempo, el hecho de que Isadora estuviera enferma en Chile hacía que me sintiera triste y confundida.

Imaginé mi casa silenciosa, sin los piececitos de una bebé corriendo por todos lados, y sentí que se me hacía un nudo en la garganta. Era difícil, pero tenía que dejar de pensar en Isa y concentrarme en los problemas que tenía que resolver, así que me paré con la bandeja del almuerzo en la mano. Era hora de hablar seriamente con el tipo del monociclo robótico.

—¿A dónde vas? —me preguntó Johanna.

—Voy a tocarle a la puerta al hombre del monociclo

—dije—. Quizás aún tenga pernos para los Roboingenieros.

—Buena idea —dijo Johanna—. Te acompañaré.

—No —dije negando con la cabeza—. Las metí en este lío y tengo que arreglarlo yo sola.

Nadie dijo nada. Me volteé y caminé con la bandeja llena de platos sucios hasta la cocina. Cuando regresé, Charlotte se levantó de la silla metiéndose un pedazo de galleta con chispitas de chocolate en la boca.

—Iremos —dijo con la boca llena.

Volví a negar con la cabeza.

—Ya oíste lo que dijo Alex: el equipo lo es todo —dijo Charlotte poniéndose las manos en la cintura—. Y todas formamos parte del equipo, así que iremos juntas.

—Luci —dijo Ella levantándose también—, deja de culparte. Yo fui la que pisoteé el robot y Meg fue la que puso la pieza en la cubeta equivocada.

Meg asintió limpiándose una mancha de salsa de la cara.

—Y todas nos escapamos juntas del dormitorio —añadió Johanna.

—Sin ti no seríamos un equipo. De veras —dijo Ella mirando al suelo.

Charlotte abrazó a su prima.

—¡Me siento tan orgullosa de ti! —le dijo a Ella. Luego me señaló—. Has sido una muy buena influencia.

Sonreí. No podía creer lo que estaba escuchando. Acababa de vislumbrar un rayo de esperanza para mí.

—Gracias, chicas —dije.

—¿Y ahora qué hacemos? —preguntó Meg.

—Vamos, ¡tenemos que hacer de tripas corazón! —dijo Johanna alzando un puño al aire.

Tomamos el atajo hacia los hábitats, pasando por el museo con las cápsulas que habían viajado al espacio, pasando por la exhibición de rocas espaciales y los almohadones y cojines del área común.

—Tú ve delante que eres la más valiente —me dijo Meg escondiéndose detrás de Ella.

Llegamos a la puerta. Era la última del pasillo. Podía pasar desapercibida si alguien no la estaba buscando.

—Director de Inteligencia Artificial —dijo Johanna leyendo el cartel de la puerta.

—Alguien tiene que tocar —dijo Ella.

—Quizás debamos irnos. Es muy posible que no quiera hablar con nosotras —dijo Charlotte mordiéndose las uñas.

Llamé a la puerta y las chicas se hicieron a un lado.

—¡Vengan aquí! —les dije molesta.

Me erguí al escuchar ruidos del otro lado. Johanna los escuchó también, y como era tan buena amiga, se paró junto a mí. Entonces, Ella se acercó. Meg haló a Charlotte para que se quedara atrás con ella.

Escuchamos algo que se movió y otro ruido. ¿Un aleteo? ¿El graznido de un pájaro? Entonces, la puerta se abrió de par en par y apareció un hombre común y corriente. Un hombre que podría pasar todos los días por tu lado y no te fijarías en él a no ser que anduviese en un monociclo robótico con luces de neón. Lo cual no es muy normal.

Excepto que este tenía un pájaro robótico posado en el hombro.

—¡CRAAAC! ¿QUIÉN ANDA AHÍ? ¡TODOS A LA TABLA!

El hombre alzó la mano y se la puso en la cabeza al pájaro.

—Lo siento, está en modo pirata —dijo.

—No hay problema —respondí, porque no sabía qué otra cosa decir. Johanna me dio un codazo—. Me llamo Luciana Vega y estas son mis amigas: Johanna, Ella —me volteé— Charlotte y...

—Se fue —dijo Johanna halándome la manga.

—Eh... ¡hola! —dije.

Me asomé a la habitación y vi que se trataba de una oficina gigante con una mesa de trabajo, un sofá y algunas fotos en una pared, además de un dinosaurio inmenso hecho de bloques que llegaba al techo. El pájaro que habíamos visto antes estaba posado en una percha al lado de una ventana que daba al *Pathfinder*.

—Entren, entren —dijo el hombre con un montón de barras verdes en la mano. Estaba sentado delante del dinosaurio—. Tengo que llevar esto hoy al museo. ¿Me podrían pasar esa caja de voz?

Johanna entró de una vez a la oficina.

—¿Está habilitado el dinosaurio con Bluetooth? ¿Tiene... ?

Pero no pude escuchar el resto porque Meg se puso a gritar. Miré detrás de la puerta y vi a un robot del tamaño de un hombre en una rueda gigante y con los ojos cerrados. Charlotte logró calmar a Meg y entraron también.

—Oh, ese es Isaak —dijo el hombre señalando al robot—. Otro de mis proyectos.

Miré alrededor y vi que estábamos rodeadas de cientos de robots encima de mesas o dentro de cajas. Había uno en el techo y otro suspendido en el aire. En una esquina, al lado del sofá repleto de papeles y piezas de robot, estaba el monociclo robótico cargándose en la corriente.

—¿Usted hizo el monociclo? —pregunté pasando por encima de unas manos de robot.

El hombre alzó la cabeza y se sacó un destornillador de la boca.

—Ese lo compré. Lo usé para ver cómo iba a hacer la base para la rueda de Isaak —dijo, y le hizo un gesto a Johanna para que le alcanzara algo.

—Increíble —dijo Charlotte tocando el hombro de Isaak—. No puedo imaginar lo que tomó programar esta cosa.

—Verónica, ¿qué hora es? —preguntó el hombre.

Miré por la habitación buscando a Verónica.

—Buenas tardes, Samuel, es la una y treinta y cinco.

La voz había salido de un amplificador en una pared al otro lado de la habitación.

—Sr. Samuel, estamos aquí porque... —dije acercándome.

—Por favor, dame esa arandela —le dijo Samuel a Johanna.

—Oh —dije, y lo intenté de nuevo—. Nuestro equipo se llama los Rovers Rojos y...

—¡Listo! Mírenlo.

Samuel se bajó de la banqueta donde estaba sentado y retrocedió unos pasos. Todas nos miramos e hicimos lo mismo. Lo que fue una buena idea porque un segundo más tarde el dinosaurio lanzó un rugido tan alto que hizo que los vasos en el alféizar de la ventana temblaran.

—Verónica, envía este mensaje a Lisa en la recepción: Está listo —dijo Samuel.

—Mensaje enviado —respondió Verónica por el amplificador.

Miré a las chicas. Estaban en medio de la oficina mirando alrededor maravilladas. Este era el tipo de lugar en que esperarías encontrar al director de inteligencia artificial. Pero estábamos aquí por una razón específica, y la razón era conseguir un patrocinador.

—Sr. Samuel, nos preguntamos si le interesaría ser el patrocinador de un equipo de robótica...

—Ayúdenme con esto —dijo Samuel tratando de subir una pata gigante de dinosaurio sobre una plataforma—. Y no. Ya no suelo patrocinar equipos.

Me quedé congelada. ¿Qué? Pero...

—¡Esperen! ¡Esperen! No halen —les dijo Samuel a Johanna y a Charlotte, que estaban tratando de ayudarlo.

Ella se paró a mi lado.

—¿Y ahora qué? —le pregunté.

—Me parece que es hora de ser creativas —respondió Ella soltando un suspiro—. Tenemos que pensar en otra manera de ayudar a los Roboingenieros.

Le sonreí porque acababa de decir algo que no habría dicho unos días atrás. Entonces, Ella presionó la L de mi nombre que se estaba despegando de mi traje de vuelo.

Una de las escamas del dinosaurio comenzó a despegarse. Johanna se lanzó a atraparla antes de que cayera al suelo y se hiciera añicos.

—¡Bien hecho! —dijo Samuel.

—Sr. Samuel —dijo Charlotte mirando hacia la puerta detrás de ella—, ¿cómo piensa pasar el dinosaurio por la puerta?

Samuel levantó la vista de la escama y miró la puerta confundido.

—Siempre se me olvida esa parte —dijo.

Nos pusimos a darle vueltas al dinosaurio, incluso Meg, que caminaba más rápido cada vez que pasaba cerca del robot humanoide.

—Es posible que esta parte se pueda separar —dijo Charlotte tocando la unión entre una pata delantera del dinosaurio y el cuerpo—. Y esta también. De hecho, podríamos separar la cabeza.

—La cabeza pesa al menos cincuenta libras y me tomó tres noches armarla —dijo Samuel preocupado.

—¿Eso fue todo? —dijo Meg acercándose a mirar—. ¡A mí me hubiese tomado mil noches armarla!

—MIL NOCHES ARMARLA —repitió el pájaro robot.

—Silencio —dijo Samuel—. Duérmete.

En un dos por tres, el pájaro estaba roncando.

—¿Cuántas plataformas rodantes tiene usted? —preguntó Johanna señalando la plataforma debajo de la pata del dinosaurio.

Samuel se metió en un clóset y regresó con más plataformas, las cuales puso a rodar por el suelo.

—Todas estas —dijo.

Y de esa manera, terminamos en una caravana a través del Campamento Espacial trasladando a un dinosaurio descuartizado sobre plataformas dirigidas por control remoto.

CAPÍTULO 14

ROVER ARCOÍRIS

Aunque nos habían descalificado de la competencia, Mallory y Alex nos dijeron que fuéramos al laboratorio de robótica en el horario que nos tocaba. No sabía para qué, a no ser que fuera parte del castigo.

Nadie se sorprendió cuando los Roboingenieros se fueron a otro lugar con su cubeta plástica a tratar de volver a armar su robot, dejándonos solas en el laboratorio. No querían nuestra ayuda y tampoco podíamos ofrecerles un patrocinador.

Estábamos sentadas allí sin hacer nada, ni hablando, cuando Johanna sacó nuestra cubeta de piezas del clóset.

—¿Quieren seguir armando? —preguntó.

—¿Para qué? —dijo Ella.

Meg sacó nuestro rover y lo empujó hacia delante y hacia atrás.

—Se ve fatal a medio armar —dijo.

—Podríamos hacer un robot genial con muchas piezas diferentes —dijo Charlotte—. Aunque sea para divertirnos.

Ella puso los ojos en blanco.

—Fuimos descalificadas, ¿se acuerdan? No perdamos el tiempo —dijo.

—Termina ya de hacerte la salchicha ofendida —le dijo Johanna dándole un codazo juguetonamente.

—¿La salchicha ofendida? —dije riendo.

—Es algo que decimos en Alemania... —dijo Johanna poniéndose de pie y caminando hacia la pared donde estaban las cajas de piezas.

—¿Como cuando uno tiene que dejar de sentir pena por uno mismo? —dije.

—¡Así mismo! —dijo Johanna haciendo un gesto para que nos acercáramos—. Vamos, armemos algo diferente y divertido.

—¿Qué podríamos armar con esto? —dijo Charlotte saliendo del clóset con cuatro ruedas grandes en la mano—. Tienen púas.

—Tráelas aquí —dijo Johanna.

—¿Podríamos usar esto? Lo encontré en la basura —dijo Meg mostrando unas antenas.

—Usémoslo todo —sugirió Johanna—. No tenemos nada que perder.

Charlotte se puso a inspeccionar las antenas.

—Estoy segura de que venían acompañadas de un control remoto... quizás pudiera utilizar la tableta para programarlas —dijo.

—¿Hacemos las dos cosas? —dijo Ella mirándome como si la pregunta hubiese estado dirigida a mí.

Me enrosqué el pelo en un dedo. El mechón morado aún se notaba muchísimo a pesar de que ya había pasado una semana desde que me lo había pintado.

—Sí. Ambas cosas me parecen bien —dije. Sentí como si Ella finalmente comenzara a tratarme como la capitana del equipo. Y también como a una amiga y como a una verdadera compañera—. Si a ti te parece —añadí mirando a Ella.

—¿Y estas garras de robot gigantes? —preguntó Meg.

Comenzamos a armar un robot sin dibujos ni instrucciones. Lo probamos todo. Las garras eran demasiado pesadas para nuestro motor de módulo, así que las quitamos. Pero entonces Johanna encontró un par de pinzas que le venían como anillo al dedo.

Luego, Meg encontró un sensor de sonido con un rasguño encima.

—¿Creen que funcione? —dijo.

Meg lo trajo y se sentó a trabajar al lado de Charlotte.

—No puedo creer que mañana sea la competencia y pasado mañana la graduación del campamento —dije.

Al principio, una semana me había parecido mucho tiempo. Era cierto que tenía ganas de ver a Raelyn y extrañaba a mis padres. Además, me moría por saber qué había pasado con Isadora, pero... Ahora sentía un nudo en la garganta que me impedía tragar.

—Lo sé —dijo Ella—. ¿Crees que volverás?

—Eso espero. Aunque me tomó muchísimo tiempo ganar la competencia del ensayo y ahora, con Isa, no estoy muy segura de que sea posible —dije alzando los hombros.

—Tienes razón —dijo Ella.

—¿Te gustaría que nos enviáramos mensajes de texto o algo así? —dije mordiéndome una uña—. Digo, ¿para mantenernos en comunicación?

Aunque Ella y yo teníamos nuestras diferencias, entre ambas existía una conexión que no siempre uno siente.

—¿Quieres que nos escribamos? —preguntó Ella sorprendida—. Déjame advertirte, soy muy mala amiga. Le puedes preguntar a cualquiera.

—Bueno, yo soy muy mala capitana de equipo, así que estamos empatadas —dije riendo.

—No creas. A veces se te ocurren buenas ideas —dijo Ella arreglándose la cola de caballo.

—No creo que la próxima vez sea tan arriesgada. Necesito pensar un poco más las cosas —dije mientras veía como Charlotte y Johanna intentaban conectar las pinzas al robot.

—A veces es bueno arriesgarse —dijo Ella alzando los hombros—. Vas a ser una buena científica. Mi papá es inventor y siempre dice que las personas que piensan un poco diferente del resto son las que tienen más posibilidades de hacer algo que deje una huella en el mundo.

—¡Lo tengo! —dijo Johanna de pronto—. ¡Miren! ¡Un robot todoterreno!

Era cierto. Se trataba de un robot con piernas al que de alguna manera le habían puesto también ruedas grandes para todo tipo de terreno.

—¿Y cómo voy a programar esto? ¿Quieren que ruede o que camine? —preguntó Charlotte incrédula.

—Ambas cosas —dijo Meg—. ¿No es así, Charlotte?

—Lo que tú digas, Palito Fosforescente —respondió Charlotte.

—Oigan —dijo Meg poniéndose de pie—, sería espectacular si le pusiéramos palitos fosforescentes a nuestro robot. Así los astronautas podrían ver en la oscuridad. Además, luciría espectacular. —Se quedó en silencio un minuto—. ¡Y podríamos ponerle las pegatinas de Luciana! ¿Todavía te quedan? —preguntó mirándome.

—Sí. Me parece una excelente idea, Meg —dije.

—Eh... —comenzó a decir Ella como si nada mientras revisaba una correa de su traje de vuelo—. ¿Y tendrás alguna para mí también?

—De hecho, ¿tienes para todas? —preguntó Charlotte.

—¡Por supuesto! —dije sonriendo de oreja a oreja.

Johanna se paró y presionó un botón del rover.

—Miren —dijo.

El rover movió las piernas, pero cuando lo pusimos sobre la mesa para que caminara, se fue de lado.

—No hay problema —dijo Johanna recogiéndolo—. Necesitamos pensar más. ¿Alguien ha visto cinta adhesiva gris en algún sitio?

En ese momento tocaron a la puerta y nos quedamos petrificadas. Leo alzó la vista del dron que estaba arreglando y desde la esquina me hizo un gesto para que abriera. De pronto, temí que pudiera ser el jefe del Campamento Espacial para decirnos que habían llamado a nuestros padres y que teníamos que marcharnos a casa. Pero no fue así. En la puerta estaban James y su equipo.

—No piensen que queremos estar aquí, pero tenemos una emergencia —dijo James alzando su robot—. El girosensor dejó de funcionar y alguien nos dijo que una de ustedes es un genio arreglando cosas.

—Déjenme ver —dijo Johanna acercándose.

—Sin el sensor, tendremos que rediseñar el robot completamente. Creo que de alguna manera se dañó durante... —dijo James dudoso.

Johanna trató de quitarle el robot de las manos.

—Dame unos minutos —dijo.

Pero James no estaba muy convencido de que debía dárselo. Miró a sus compañeros de equipo. Los chicos asintieron y finalmente se lo dio a Johanna.

Charlotte se puso a trabajar en el girosensor junto con Johanna y el resto nos quedamos por ahí tratando de no mirar a nadie porque nos moríamos de la vergüenza.

—¿Están armando algo? —preguntó James mirando el robot que estaba en la mesa.

—Para entretenernos —dije.

Me parecía que estábamos en un hospital de robots esperando noticias cuando Johanna soltó un gemido un poco preocupante. Y, por la expresión de su cara, sabía que la situación era grave.

—*Kaputt* —dijo Johanna.

—Quiso decir que su robot se murió —susurró Charlotte.

James se llevó las manos a la cabeza. Los otros chicos se veían desesperados. Noah no paraba de refunfuñar, y me pareció que me dijo "Por tu culpa". Pero no le hice caso porque tenía razón.

—Está bien —dije—. Ya sé lo que vamos a hacer.

Tomé nuestro robot de la mesa y le quité el sensor de sonido. Alcé la pieza y miré a mis compañeras de equipo. Todas pensábamos lo mismo.

—Aquí tienes —dije dándole el sensor a James—. Lo encontramos en el bote de basura y lo arreglamos. Es posiblemente el único en todo el laboratorio y no es tan maravilloso como el sensor giroscopio, pero los hará quedar bien en la competencia.

James me miró incrédulo.

—¿Y qué se supone que debamos hacer si ya no hay tiempo? La competencia es mañana, Luciana. Mañana.

El girosensor por el que pagamos diez millones de pernos está dañado, ¿y tú quieres reemplazarlo con esto?

—Sé que no es lo mismo —dije—. Lo siento. Pero es la mejor pieza que tenemos. Pensé que...

James echaba humo por las orejas y caminaba de un lado al otro del laboratorio. Unos cuantos chicos de su equipo le seguían los pasos.

—Tendríamos que armar y reprogramar un nuevo robot. Es imposible —dijo.

Me volteé y miré a mis compañeras.

—No si los ayudamos —dije.

Pero James no estaba convencido. Primero habló con sus compañeros. Después, se volteó hacia mí y me hizo un gesto indicándome que podíamos ayudarlos.

Hicimos a un lado nuestro robot a medio armar y los Roboingenieros y los Rovers Rojos nos sentamos apiñados en la misma mesa listos para arreglar el robot descompuesto. Sacamos los sensores y los brazos y armamos otras partes mientras que Charlotte y Johanna reprogramaban el sensor de sonido. Trabajamos durante horas, casi sin hablarnos, hasta que Mallory y Alex vinieron al laboratorio con bandejas de comida.

—Parece que ustedes tendrán lo que nosotros

llamamos una cena de trabajo —dijo Alex—. Me recuerda los proyectos en grupo de la universidad. Nos pasamos muchas noches sin dormir.

Charlotte se acercó corriendo a la mesa donde estábamos con el sensor de sonido en la mano.

—Creo que lo conseguimos —dijo.

Lo puso en el robot y esperamos en silencio.

—¿Puedo darle una orden? —preguntó Meg.

—Adelante —dijo Charlotte.

—Rover Arcoíris, rueda —dijo Meg.

El robot se iluminó y comenzó a hacer ruidos.

—¿Se puede saber por qué Rover Arcoíris? —preguntó James levantándose.

El sensor de sonido se activó emitiendo los colores del arcoíris.

—Genial. No se preocupen. Está muy bien así —dijo James.

Charlotte se puso colorada y Meg dio un salto en el aire porque parecía que nos había salido bien. El Rover Arcoíris funcionaba.

—Rover Arcoíris, perfora —dijo Charlotte.

El Rover Arcoíris sacó un brazo con un pequeño taladro. El taladro se encendió y comenzó a dar vueltas mientras el robot rodaba por la mesa.

—Rover Arcoíris, detente —dijo Charlotte, y el robot se detuvo.

Entonces, Charlotte se volteó hacia todos, como si no hubiese hecho nada del otro mundo, como si no hubiese acabado de salvar la competencia de robótica y preguntó:

—¿Ya podemos comer?

Y fue como si todos hubiésemos estado aguantando la respiración hasta ese momento. Agarramos comida de las bandejas y comenzamos a comer con alivio. Algunos chicos hasta sonreían.

Un segundo después, vi por el rabillo del ojo a un tipo que se acercaba en un monociclo robótico. Llevaba un pájaro en el hombro.

—Hola —dijo Samuel asomando la cabeza en el laboratorio.

Mallory y Alex lo saludaron.

—Hola, Samuel. Hola, Pajarito.

—HOLA A TODOS —dijo el pájaro.

—Qué pájaro tan educado —dijo Mallory sonriendo.

Orión se despertó.

—GUAU. GUAU.

Dejé mi sándwich y me acerqué a Samuel.

—Gracias a tu equipo por ayudarme esta mañana. El dinosaurio ya está instalado en el museo. Me gustaría agradecerles... —comenzó a decir Samuel, pero inmediatamente me pasó por el lado y fue en su monociclo hasta donde estaba nuestro robot—. ¿Hicieron este robot de piezas dañadas? —preguntó inspeccionando las antenas que habíamos pegado con cinta adhesiva gris.

—No nos quedó más remedio —dijo Johanna con la boca llena de macarrones con queso y señalando hacia la pantalla con el puntaje.

Nuestro equipo seguía con cero. Los Roboingenieros tenían tres millones de pernos después de comprar piezas nuevas para reemplazar las que nosotras dañamos. Los Robots de Marte iban en primer lugar con los Genios pisándoles los talones.

—Me encanta esta idea. ¿De quién fue? —preguntó Samuel tocando la pinza de nuestro robot—. Un robot reciclado. Es genial.

Las chicas me señalaron.

—Johanna arregló las piezas dañadas y Ella armó casi todo. Charlotte y Meg fueron las programadoras —dije.

—Y tú fuiste la de la idea —dijo Samuel señalándome.

—Bueno, pero no siempre se me ocurren tan buenas ideas —dije.

Algunos chicos se levantaron de sus sillas y se acercaron a Samuel para mirar el monociclo.

—No he patrocinado un equipo en mucho tiempo, ¿sabías? —dijo Samuel dándome un billete.

Las chicas se me acercaron. El billete era por diez millones de pernos. El regalo más generoso que había visto en toda la semana de parte de un patrocinador. Miré a Mallory y ella me hizo un gesto que indicaba "bien hecho".

—Bueno, pero... —comencé a decir mirando a las chicas—. Nosotras no queríamos los pernos para nuestro equipo.

—¿Qué? —dijo Samuel alzando la vista del robot.

—Queríamos que patrocinaras a otro equipo —dije mirando a James—. Uno que realmente se lo merece. Nosotras fuimos descalificadas, así que los pernos no servirían de nada.

Samuel parecía sorprendido.

—Luciana, espera... —dijo James.

—Tenemos una gran deuda con los Roboingenieros por haber dañado su robot —dije.

—Una deuda inmensa —añadió Charlotte.

Johanna asintió y Ella también. Esta última no le

quitaba los ojos de encima al billete, lista para agarrarlo si las cosas cambiaban.

—La madre de todas las deudas —agregó Meg.

—¿Quieren darle su billete de diez millones de pernos a otro equipo? —preguntó Samuel sin dejar de moverse en el monociclo.

—Sí —dije.

Ella tomó el billete y se lo dio a James, que se quedó mirándolo como si se tratara de una piedra preciosa.

—Chicas —dijo James—. No hace falta. Ustedes nos ayudaron.

Ella le quitó el billete enseguida.

—Me parece bien. Si ustedes no lo quieren y nosotras no lo podemos usar, pues aquí lo tiene, Sr. Samuel —dijo Ella devolviéndoselo a Samuel.

—¡No! —exclamó Noah levantándose de su silla con la mitad de un sándwich en la mano—. Quiero decir, por favor, no lo bote —añadió acomodándose las gafas—. Nosotros sí lo queremos.

James me sonrió.

—Gracias. No puedo creer que ustedes hagan esto por nosotros. Gracias —dijo.

En ese momento, el *walkie talkie* de Samuel sonó.

—Aquí, Samuel —dijo el director de inteligencia artificial.

—Ven hasta el museo y bájale el volumen a este dinosaurio, ¡está a punto de rompernos los tímpanos! —escuchamos decir por el *walkie talkie*.

—Sí, señora. Estaré ahí en un minuto —dijo Samuel, y nos miró—. Me necesitan en el museo.

Le dijimos adiós con la mano y le agradecimos el regalo. También lo invitamos a que viniese a la competencia de la mañana siguiente.

Samuel se detuvo en la puerta.

—Y les agradezco de nuevo que hayan tocado a mi puerta esta mañana. Hacía mucho que no venía al laboratorio de robótica. Ha sido muy bueno regresar —dijo.

Entonces, salió disparado por el pasillo entre luces de neón mientras el pájaro robot decía "HASTA PRONTO".

CAPÍTULO 15

LA COMPETENCIA

A la mañana siguiente, agarramos bagels, panecillos y bananas del comedor y nos dirigimos directamente al lugar de la competencia de robótica debajo del *Pathfinder.* Nos sentamos en la hierba a comer cerca de las sillas colocadas en círculo alrededor de la mesa donde se llevaría a cabo la competencia.

James se acercó corriendo casi sin aliento.

—Vamos, busquen su robot —nos dijo.

—¿Qué? —dije levantándome de un salto—. ¿Para qué?

—Dice Leo que pueden participar de manera no oficial. O sea, no tienen derecho a ganar, pero al menos pueden participar —respondió James.

—¿Pero por qué cambió de idea? —preguntó Charlotte.

Nos miramos confundidas.

—Bueno, mi equipo y yo pensamos que su robot es

genial —explicó James evitando mirarnos—, y como nos ayudaron a componer el nuestro, les pedimos a los instructores que las dejaran participar.

—Iré a buscarlo —dijo Johanna levantándose y corriendo al edificio.

—James, qué gesto tan lindo —dije mirando al resto de las chicas.

—No fue nada. Pensamos que sería una pena que la gente no viera su robot —aclaró el capitán de los Roboingenieros caminando hacia donde estaba su equipo sentado a la sombra de un árbol.

Ella, Charlotte y Meg estaban a mi lado.

—¡Gracias! ¡Y buena suerte! —le grité a James.

Cuando Johanna regresó, nos sentamos a terminar de desayunar con el robot en la hierba delante de nosotras. Le habíamos puesto Mohawk, como el peinado, por los palitos fosforescentes que le pusimos encima.

—Me encantan las ruedas todoterreno —dije.

—Y las antenas —dijo Ella.

—Hubiese sido fantástico que tuviese el sensor de sonido —dijo Charlotte—. Eso no quiere decir que no me alegrase habérselo dado a los Roboingenieros.

—Pero tenemos esto —dijo Johanna dándole una

mordida a un panecillo y presionando un botón encima del robot.

De pronto, una cajita en la parte posterior de nuestro rover se abrió y aparecieron unas hélices telescópicas.

—¿Cómo hiciste eso? Eres un genio —dije tocando las hélices telescópicas hechas con bloquecitos de construcción.

—Por supuesto que no puede volar —dijo Johanna con la boca llena.

—Pero es una idea genial, porque si el terreno es rocoso y las ruedas no funcionan, el robot puede sacar las hélices y volar —dijo Charlotte.

—Es un robot que camina, rueda y vuela —dijo Ella sonriendo—. ¡Es increíble!

Se le estaba cayendo una de las pegatinas de su traje de vuelo, así que me incliné hacia Ella y la pegué bien. Para mi sorpresa, había escogido pegatinas rosadas. Pero bueno, estaba descubriendo que todas estábamos llenas de sorpresas.

—Debimos haberle puesto aletas para que también pudiera nadar —dijo Charlotte.

En ese momento, nuestro multifacético robot se cayó de lado por el peso de las hélices.

—Qué novatada —dijo Johanna negando con la cabeza.

Todas nos echamos a reír.

—Me alegra mucho que el robot de James funcione —dijo Ella de pronto cuando nos quedamos calladas.

Nos sentamos en las sillas en cuanto los otros campistas comenzaron a llegar para ver la competencia. Mohawk tenía una silla sólo para él entre Johanna y Ella. Aunque sabía de antemano que no ganaríamos, estaba nerviosa. Quizás porque el Campamento Espacial estaba a punto de acabar o porque aún no estaba lista para marcharme a casa. Me enrosqué un mechón de pelo en un dedo. Raelyn y yo muy pronto volveríamos a estar juntas. Pero, ¿volvería a saber de Johanna, Charlotte, Ella y Meg? Si me pintara un mechón de pelo de un color diferente por cada una de ellas, tendría un arcoíris en la cabeza.

Ella me dio un empujoncito y me sonrió como si supiera lo que estaba pensando. Yo hice lo mismo.

—Bienvenidos a la competencia de robótica del Campamento Espacial —dijo Leo.

Todo el mundo se sentó. Los equipos participantes estaban apiñados al frente. Me volteé y vi a James y a su equipo aún en la hierba haciéndole ajustes de último minuto a su robot. Lo saludé con la mano y me devolvió el saludo.

—Cinco equipos competirán por el premio al Mejor Rover del Campamento Espacial —continuó Leo— y, por lo que he visto en el laboratorio, la competencia será muy reñida.

Los equipos participantes, en primera fila, no paraban de probar sus rovers una y otra vez. Noté que nadie tenía un robot que caminara o volara.

—Los equipos tendrán la oportunidad de que su rover realice las funciones de todas las estaciones de la competencia. Cada rover deberá tomar una muestra de roca de Marte y ponerla en órbita en solo cuatro estaciones —explicó Leo señalando las diferentes áreas de la mesa—. Cada vez que un rover complete una estación, su equipo ganará diez millones de pernos, pero por cada minuto extra que se demore, perderá un millón.

Detrás de Leo se encontraba la pantalla del laboratorio con el puntaje. Los Roboingenieros estaban a la cabeza con trece millones de pernos gracias a Samuel. Los Robots de Marte y los Héroes del Espacio le seguían de cerca con once millones cada uno. Luego estaban los Ninjas Programadores con nueve. Los Genios sólo tenían cinco millones. Y aunque nuestro equipo había sido descalificado, continuaba en la pantalla con un puntaje de cero.

—El equipo con la mayor cantidad de pernos al finalizar la competencia será el ganador —anunció Leo.

Había llegado la hora de comenzar cuando vi que Mallory y Alex estaban sentados en primera fila con Orión. Los primeros dos equipos que participaron lo hicieron regular. Miré a James y él me sonrió. Ambos tenían rovers muy simples que habían construido durante la semana en el laboratorio. Uno de los rovers tuvo problemas con el sensor de colores y agarró las rocas azules en lugar de las rojas. El otro rover usó un martillo para romper las rocas, pero estas salieron volando. Ninguno de los dos rovers pudo subir la Montaña de Regolito.

Luego, le tocó el turno a los Robots de Marte. El rover no tuvo problemas en completar las primeras dos estaciones, pero pasó tres minutos dando vueltas en la tercera estación antes de poder conseguir recoger una roca. Utilizó un pico conectado a un brazo robótico para romperla y unas pinzas para sacar la muestra. Todos aplaudieron cuando el rover mostró el pedacito de roca. Utilizar un pico fue una idea genial. Cuando el rover llegó al pie de la Montaña de Regolito, le tomó un minuto poner los brazos al frente y comenzar a escalar la montaña.

El peso delantero lo ayudó a escalar. Fue el primer rover de la competencia en conseguir llegar hasta la cima de la montaña y presionar el botón del elevador. Al final, el equipo ganó treinta y seis millones de pernos, que sumados a los que tenían, hizo un total de cuarenta y siete millones de pernos.

Después nos tocó a nosotras. Nos levantamos de las sillas. Johanna llevaba nuestro robot gigante pegado en algunos sitios con cinta adhesiva gris debajo del brazo. Lo puso en posición y Charlotte y Meg lo encendieron con sus tabletas. El pequeño motor del robot comenzó a hacer ruidos y los palitos fosforescentes se iluminaron. Mirábamos al rover avanzar sobre las ruedas todoterreno muy cerca las unas de las otras. Todas llevábamos nuestros trajes de vuelo con nuestros nombres formados con pegatinas. Si hubiésemos tenido un poquito más de tiempo, hubiésemos logrado que el robot rodara. Entonces sí hubiese sido un verdadero rover todoterreno. Pero habíamos dedicado el tiempo a ayudar a James y a su equipo, así que no nos importaba porque habíamos hecho lo correcto.

A Mohawk no le fue bien recogiendo las rocas, y le fue peor tratando de subir la montaña. Sus patas eran muy cortas y como sus ruedas no funcionaban, se atascó.

Charlotte y Meg presionaron un botón y salieron las hélices telescópicas. Oímos un murmullo. Nos miramos y sonreímos. Pero entonces, como esperábamos, Mohawk se cayó de lado y ahí mismo terminó su participación en la competencia.

Meg lo recogió y le quitó el polvo. Luego regresamos a nuestros asientos. Mallory y Alex nos hicieron un gesto para decirnos que estaban contentos con nuestra participación.

Los Héroes del Espacio fueron los próximos. Tan pronto pusieron el rover en la mesa, todos nos miramos. Era un robot compacto con dos brazos: uno tenía una cuchara en forma de cesta y el otro algo que parecía una pinza. Si no hubiésemos sabido de robots, hubiésemos pensado que el de los Héroes del Espacio no lograría ganar la competencia, pero sí sabíamos. Su robot era rápido, compacto y ligero. Según Leo, tres de las mejores cualidades que puede tener un robot.

El cronómetro comenzó a marcar y el robot inició la competencia identificando fácilmente las rocas y colectándolas. Todos aguantábamos la respiración. Johanna me agarró una mano. El robot bajó la cuchara en forma de cesta con una roca y trató de romperla con la pinza, pero la roca se salió de la cuchara y el robot tuvo que comenzar desde el principio. Los miembros del equipo parecían frustrados. En el segundo intento, el robot empujó la roca contra una pared para impedir que se saliese de la cuchara, pero los jueces negaron con la cabeza. Eso no estaba permitido. Así que el robot intentó romperla con la pinza. La muestra amarilla dentro de la roca apareció de pronto y el robot pudo atraparla con la cuchara. Todos los del equipo suspiraron aliviados. Luego, el robot escaló la Montaña de Regolito y puso la muestra en órbita. Le tomó 2 minutos con treinta segundos completar las cuatro estaciones. Hasta ese momento, esa era la menor cantidad de tiempo que le había tomado a un equipo realizar el ejercicio. Ganaron treinta y ocho millones de pernos que, sumados a sus once millones, los pusieron en primer lugar con cuarenta millones de pernos.

Cuando les tocó el turno a los Roboingenieros, casi ni podíamos mirar del nerviosismo. Nos cubrimos las caras cuando el rover comenzó a partir la roca en busca de la muestra. Miré a Charlotte con la esperanza de que me confirmara que el cincel había sido programado correctamente. Si ese era el caso, el rover no tendría ningún problema extrayendo la muestra. Pero nadie había pensado en mantener la roca en su lugar. Ni tan siquiera lo consideramos un problema. Al menos hasta ahora. Pero James y su equipo se veían calmados y confiados. Sabían que extraer la muestra iba a ser más difícil de lo que habían anticipado. James encendió el cincel, que comenzó a hacer ruido en medio del silencio. La primera vez que el cincel bajó, la roca se movió. La segunda vez, James puso el cincel en posición sobre la roca y luego lo encendió. La roca se deslizó y rebotó sobre una cerca plástica. James se limpió el sudor de la frente. La tercera vez, el robot bajó el cincel violentamente como si fuera un martillo introduciendo la punta en la roca. Cuando James lo encendió partió la roca fácilmente.

Cuando el robot envió la muestra en el elevador espacial, el cronómetro marcaba tres minutos y 15 segundos. Casi un minuto más de lo que le tomó al robot de los Héroes del Espacio. No podía mirar la pantalla con el puntaje. Si el girosensor de los Roboingenieros no se hubiera descompuesto, ¿habrían podido ganar? Johanna me tocó y la miré. Los Roboingenieros acababan de ganar treinta y siete millones de pernos, y con los trece que ya tenían lograron un puntaje de cincuenta millones. Los Roboingenieros habían ganado.

CAPÍTULO 16

LA GRADUACIÓN

A la mañana siguiente, después del desayuno, fuimos a la tienda de regalos del campamento: lo último que haríamos antes de la graduación. Al parecer, todo el mundo había tenido la misma idea. James y algunos chicos estaban mirando los cohetes, Johanna estaba entusiasmada mirando el único juego de herramientas que vendían en la tienda mientras Charlotte y Meg se babeaban frente a los robots programables que costaban más que una semana en el Campamento Espacial.

No me llamaron la atención ni los robots en venta ni las cajas de colores ni los cuadernos para dibujar rovers de Marte, sino los collares en exhibición que estaban en el mostrador. Me recordaban mi casa, a mis padres, a Isadora.

Puse la mano sobre el collar de la estrella que llevaba puesto y comencé a mirar los colgantes en forma de sol, de cometa y de estrellas. Después de estudiar cada uno de los collares, encontré uno con un colgante diferente al resto: una luna llena brillante y resplandeciente que encima tenía una pequeñísima gema de color azul.

—¿Para Isadora? —me preguntó Johanna parándose a mi lado con la caja de herramientas debajo del brazo.

Asentí. Ahora que la competencia de robótica había quedado atrás, sólo podía pensar en Isadora, en la posibilidad de tener una hermanita.

La graduación era debajo del *Pathfinder*, en el parque del transbordador espacial, así que en cuanto terminamos de hacer las compras, los Roboingenieros, Alex, Mallory y nosotras, las chicas de los Rovers Rojos, nos encaminamos hacia allá. Orión iba delante haciendo sonar una alarma porque la ceremonia estaba a punto de comenzar. Nos sentamos lo más cerca posible de la primera fila mirando hacia la sección de sillas destinadas a los familiares, con la esperanza de ver a nuestros padres.

Cada uno de los equipos fue llamado al frente con sus respectivos instructores. Los campistas que subían a la pequeña plataforma se veían muy profesionales con sus trajes de vuelo azules, y era muy posible que en un futuro se convirtiesen en verdaderos astronautas. A casi todos les daban un certificado de graduación y un emblema para el traje de vuelo. De vez en cuando, algún campista recibía una medalla. Un niño con un mohawk recibió la medalla al campista más creativo. Las chicas de mi equipo me miraron como si hubiese sido yo quien se merecía esa medalla. Pero sabía que después de habernos escapado del dormitorio y de habernos metido sin permiso en el laboratorio de robótica, no me darían ninguna.

Cuando llamaron al Equipo Odyssey, Orión fue delante como siempre. Subimos a la plataforma y nos paramos de frente al público. Traté de divisar a mis padres entrecerrando los ojos para evitar el sol, pero no los vi. Sin embargo, era imposible no ver a los familiares de Ella, Charlotte y Meg, parados y aplaudiendo mientras recogían sillas que los pequeñines de la familia habían tumbado al suelo. Miré a Ella y vi que negaba con la cabeza al mismo tiempo que sonreía.

Alex y Mallory tomaron el micrófono y comenzaron a hablar sobre las cosas buenas de nuestro equipo, sobre cómo después de haber enfrentado algunas dificultades logramos trabajar juntas, mucho mejor que cualquier otro equipo en el pasado.

—Nos sentimos orgullosos de ustedes —dijeron.

El público volvió a aplaudir y nosotras nos miramos preguntándonos si debíamos aplaudir también.

No podía dejar de mirar a la multitud buscando a mis padres. Cada vez que veía a una mujer con las gafas en la cabeza, como se las ponía mi mamá, el corazón me saltaba en el pecho. Aunque, para ser honesta, no estaba segura de quererlos ver desde allí, en frente de todos, porque en cuanto los divisara sabría si tenían buenas noticias o no acerca de Isadora. Lo sabría de tan solo verles la cara.

Cuando Leo subió a la plataforma, Johanna y Ella me dieron un empujoncito. Había llegado la hora de que los Roboingenieros recibieran el premio.

Leo se aclaró la garganta y tomó el micrófono.

—El premio al "Mejor Rover" es lo que desean todos los campistas que participan en el programa de robótica del Campamento Espacial. Esta semana la competencia fue muy reñida. Hubo muchas ideas brillantes y se trabajó mucho. Me siento orgulloso de entregar el premio al "Mejor Rover" al equipo de los Roboingenieros, que obtuvieron cincuenta millones de pernos, casi un récord en la historia del campamento —dijo.

Todos aplaudieron. Leo se paró delante de los Roboingenieros y les dio a cada uno un emblema. James me mostró el suyo para que lo viera. Tenía un rover bordado y encima del logo del campamento decía en letras rojas "Mejor Rover". Felicité a James como pude desde donde estaba. El emblema era genial y se vería incluso más genial en el traje de vuelo.

—¡HURRA! ¡HURRA! —escuchamos a lo lejos.

Entonces, vimos a Samuel y a Pajarito acercarse a toda velocidad en el monociclo robótico. Ella y yo nos miramos.

—¡A BAILAR Y A CANTAR! —dijo Pajarito.

—Está en modo fiesta —nos dijo Samuel cuando estuvo cerca de nosotras.

—Déjenme presentarles a Samuel, nuestro director de inteligencia artificial, y a su pájaro robótico, Pajarito —dijo Leo por el micrófono.

Samuel estacionó el monociclo a un lado de la plataforma. Luego subió y Leo le pasó el micrófono.

—Esto es increíble. Hay muchísima gente aquí —dijo Samuel un poco nervioso mirando al público—. Hace un tiempo, cuando trabajaba de instructor en el campamento, solía dar un premio a los equipos que se arriesgaban y lo apostaban todo por una idea, aun cuando sabían que fracasarían al final.

Alcé la cabeza y miré a Samuel y a Pajarito.

—Fracasar no es malo. Fracasar es muy importante para el avance de la ciencia. Yo diría que es una fase crucial —dijo Samuel, y comenzó a buscar algo en el bolsillo. Sacó un emblema del Campamento Espacial—. Este premio se llama "Mejor Fracaso" y hace unos cuantos años que no se entrega, pero este año conocí a un equipo que se lo merece.

Sentí que la cara me ardía. Johanna se pegó a mí.

—¡HURRA! —exclamó Pajarito.

—El equipo de los Rovers Rojos fue descalificado de la competencia —continuó Samuel mirándonos. Yo no podía alzar los ojos del suelo de la plataforma—, pero estas chicas en lugar de darse por vencidas, se unieron y construyeron un rover de piezas descompuestas. Y aun cuando sabían que no podrían participar en la competencia y sin tener el tiempo que necesitaban para terminar su robot, decidieron seguir adelante. Se arriesgaron a pesar de saber que era probable que fracasaran. Por esa razón, se merecen este premio. Felicidades —dijo Samuel pasándole el micrófono a Mallory y entregándonos a cada una de nosotras un emblema.

—Tienes un gran talento, Luciana —me susurró Samuel al oído y me dio un gran abrazo al entregarme el emblema—. Que no se te olvide —añadió.

—¡FELIZ CUMPLEAÑOS! —dijo Pajarito tan cerca de mí que casi me rompe el tímpano.

Todos nos echamos a reír y Orión se puso a ladrar. Entonces, Pajarito se puso a cantar “Cumpleaños feliz”, y me sentí aliviada cuando Mallory y Alex nos pidieron que bajásemos de la plataforma porque no podía parar de limpiarme las lágrimas que se me asomaban a los ojos.

CAPÍTULO 17

TOCAR LAS ESTRELLAS

Después de la graduación, llegó el momento de buscar a nuestros familiares. Pero nadie se movió de su sitio hasta que Mallory y Alex nos pidieron que nos apuráramos, que la despedida no sería para siempre y que esperaban vernos de nuevo en el Campamento Espacial. Entonces, todos nos abrazamos y nos felicitamos, y hasta Noah se despidió de mí.

—¿No me guardas rencor? —le pregunté.

—Se te ocurren las peores ideas del universo, pero no importa —me dijo sonriendo.

Escuchamos un ladrido y vimos a Pimienta atravesar la multitud de padres y niños que estaba en el parque del transbordador espacial. Meg se lanzó a atraparlo.

—¡Pimienta ¡Pimienta! —lo llamó, tirándose al suelo a jugar con él.

Ella y Charlotte se unieron a Meg, y Pimienta comenzó a corretear alrededor de las tres. Un segundo después apareció el resto de la familia. Venían con la piel tostada del sol de la playa, cargaban niños y bebés y ayudaban a una señora canosa que andaba por la hierba con un caminador para ancianos.

Entonces, todos hicieron un círculo y se abrazaron, y Johanna y yo nos unimos al abrazo, porque una semana caminando por la luna, pilotando una nave espacial y tratando de sobrevivir juntas al entrenador de ejes múltiples nos había hecho parte de la familia.

Finalmente, el abrazo terminó y alguien salió corriendo detrás de Pimienta, que iba a entrar al museo. Otro familiar salió detrás de un niño que corría hacia el estacionamiento.

En ese momento, James se me acercó.

—Gracias de nuevo por ayudarnos y por darnos sus pernos. No tenían por qué hacerlo —dijo.

—Por supuesto que sí —dije—. Nosotras arruinamos su rover.

—Sólo quería darte las gracias. Gracias a ti y a tu equipo nuestro robot fue el ganador —dijo James.

—Lo arreglamos juntos —aclaré.

—Quizás si vuelves al Campamento Espacial, deberíamos ponernos de acuerdo para venir la misma semana —dijo James.

Sentí que me atragantaba. No podía creer lo que estaba diciendo después de todos los problemas que había causado.

—De acuerdo —dije, y nos dimos la mano.

James fue hasta donde estaban las otras chicas y se despidió de ellas. Finalmente nos miró a todas y nos dijo adiós con la mano. Luego fue al encuentro de su equipo que lo esperaba debajo de los cohetes aceleradores sólidos del *Pathfinder.*

Había llegado la hora de que Charlotte, Ella y Meg se marcharan cuando uno de sus hermanos se estrelló contra un bote de basura haciendo que se volteara en la acera. Nos abrazamos una y otra vez y prometimos llamarnos y escribirnos. Y cuando Ella comenzó a alejarse, me mostró lo que había comprado en la tienda de regalos.

—Creo que tienes razón —dijo—. Al menos debo intentarlo.

Llevaba una postal en la mano.

—A un buen amigo siempre se le debe dar otra oportunidad —dije.

Entonces, Ella comenzó a sacar postales de su traje.

—También compré unas cuantas más para mis nuevas amigas —dijo sonriendo, y echó a correr para alcanzar a su familia.

Nos quedamos Johanna y yo junto a Mallory esperando a que aparecieran mis padres.

—Chicas, lo que Samuel dijo es cierto. Ustedes me sorprendieron esta semana. Primero no podía creer que hubiesen violado las reglas y que hubiesen saboteado el robot de otro equipo. Pero después me sorprendieron aún más al buscar un patrocinador que ayudara a los Roboingenieros. Fue increíble verlos trabajar juntos para armar el nuevo robot. Casi todos los chicos se hubiesen dado por vencidos, pero ustedes no, no con Luciana de capitana —dijo Mallory—. Vas a ser una hermana mayor excelente —añadió dándome un apretón en el hombro antes de salir corriendo detrás de Orión por el parque.

Fue en ese momento que vi a mis padres.

—¡Mamá! ¡Papá! —grité.

Salí a su encuentro y los halé para que vinieran a conocer a Johanna. Habíamos quedado en que mis padres la llevarían al aeropuerto y estaba muy contenta de poder estar con ella un rato más. Me daba cuenta de que las despedidas no eran mi fuerte.

—Muchas felicidades —dijeron mi mamá y mi papá besándome.

—¿Qué quisieron decir con eso de que fueron descalificadas? —preguntó mi papá frunciendo el ceño.

Sentí que me ponía colorada. En algún momento tendría que decirles la verdad.

—Se lo contaré camino a casa —dije—. Pero primero, les tengo que mostrar una cosa.

Saqué del bolsillo el collar que había comprado. La gema azul brillaba con la luz del sol.

—¡Qué lindo! —dijo mi mamá—. ¿Eso fue lo que compraste con el dinero que te dimos? Lo podrás usar junto con el de la estrella.

—Se verán muy bonitos juntos —dijo mi papá.

Me puse el collar.

—Lo compré para Isadora —dije sin mirarlos.

Johanna me pasó el brazo por encima. Sabía que mi regalo era un poco tonto porque, ¿qué caso tenía comprarle un collar a una hermanita que ni tan siquiera estaba segura que tendría? Pero lo hice y ya.

Mis padres se miraron y mi corazón dio un vuelco porque por primera vez no pude leer su mirada. ¿Tenían buenas o malas noticias? ¿Por qué no decían nada?

Johanna se dio cuenta porque me apretó la mano.

—Tu abuelita encontró a Isadora en el hospital, Luciana —dijo mi papá buscando en su billetera—. Mira esto.

Mi papá me mostró una foto de una bebé con un pingüino de peluche tapado con una manta. Por debajo del vestido de la bebé salían tubos que terminaban en su pequeñísima nariz.

—¿Está enferma? —pregunté preocupada, y me puse la mano sobre los collares.

—Isadora está enferma del corazón —dijo mi mamá, y miró a mi papá—. Tiene una enfermedad muy seria.

Sentí que Johanna me apretaba aún más la mano.

—Van a revisar nuestro caso lo antes posible para que pueda venir a recibir tratamiento y a vivir con nosotros —añadió mi mamá.

Me tomó un minuto digerir la noticia.

—Entonces —dije mirando a Johanna—, ¿será mi hermanita?

—Por fin serás una hermana mayor —dijeron mis padres sonriendo.

No podía haber recibido mejores noticias. Le di un abrazo a Johanna, tomé la foto y la apreté contra mi pecho, contra los collares de la estrella y la luna.

—Esa foto es para ti —me susurró mi mamá en el oído—. Tu papá imprimió como quinientas copias.

Seguimos a mis padres hasta el auto. Johanna me

sujetaba el brazo mientras yo seguía mirando la foto de Isadora. Entonces me di cuenta de que Isa tenía el bracito alzado, como si tratara de tocar el cielo.

En ese momento supe que era exactamente como yo. Tan pequeñita y ya estaba tratando de tocar las estrellas.

ACERCA DE LA AUTORA

Erin Teagan es la autora de *The Friendship Experiment*. Pero antes de convertirse en escritora, trabajó en el campo de la ciencia durante más de diez años. Le encanta contar sus experiencias en el laboratorio en sus libros para niños, sobre todo las más interesantes (y también las más peligrosas y repugnantes). Erin vive en Virginia con su familia, un perro faldero que pesa noventa libras y un conejo que piensa que es un gato. Visítala en el sitio web www.erinteagan.com.

NOTA

Para escribir este libro, Erin visitó el Campamento Espacial del U.S. Space & Rocket Center en Huntsville, Alabama, donde se montó en el entrenador de ejes múltiples, comandó en un juego virtual el lanzamiento de un transbordador, visitó el laboratorio de robótica, participó en la simulación de una misión a Marte y nadó en la piscina de entrenamiento submarino de los astronautas. Aunque este libro está basado en las experiencias de Erin en el campamento, ella se tomó algunas libertades para contar la historia de Luciana. El Campamento Espacial y el programa de Robótica en Alabama son dos programas independientes. En el Campamento Espacial la prioridad es la seguridad de los campistas y, al contrario de lo que dice este libro, los niños están bajo supervisión todo el tiempo.

AGRADECIMIENTOS

Gracias a la Dra. Deborah Barnhart, CEO, y a Pat Ammons, directora de la oficina de comunicaciones del U.S. Space & Rocket Center, por guiar a Luciana a través del extraordinario Campamento Espacial; a la Dra. Megan McArthur, astronauta; a la Dra. Ellen Stofan, que trabajó de científica en la NASA; a Maureen O'Brien, directora de Alianzas Estratégicas de la NASA; y a todos los que trabajan en la sede central de la NASA y en el Johnson Space Center por su aporte y sus conocimientos sobre la exploración espacial.